KB273616

동방순례

동방순례
헤르만 헤세

차례

1부

나는 어떤 위대한 일을 체험할 운명이었다. 나는 '결맹'[1]에 속해 그 유일무이한 여행의 일원으로서 참여하는 행운을 누릴 수 있었기에, 이제 그 놀라운 여정에 대해 짧게나마 기록을 남기고자 결심하였다. 그 여행은 유성처럼 찬란히 빛났다가, 곧 기묘할 정도로 빠르게 잊혀지고 심지어는 구설에 오르기까지 한 여정이었다. 그 여행은 휘온이나 광란의 롤랑 시대[2]이래로 다시는 감히 시도된 적이 없었던 것이었고, 전쟁 이후 어둡고 절망적이면서도 동시에 풍요로웠던 기묘한

1　『동방순례』는 헤세의 대표작『유리알 유희』의 모태가 된 소설이다. 결맹 개념은『유리알 유희』의 '카스탈리엔'으로 이어진다.

2　휘온은 13세기 프랑스 서사시 『보르도의 휘온』의 주인공이다. 샤를마뉴의 아들을 자신도 모르게 죽인 기사 휘온의 이야기를 담고 있다.
　　롤랑은 16세기 이탈리아 시인 루도비코 아리오스토가 샤를마뉴의 전설을 소재로 쓴 서사시『광란의 오를란도』의 주인공이다. 이 작품은 이탈리아 르네상스 시대 문학의 집대성으로 불린다.

시대에 와서야 비로소 감행된 것이었다.

물론 이 기록을 남기려는 시도가 얼마나 어려운 일인지는 잘 알고 있다. 그 어려움은 단지 나만의 개인적인 문제에 그치는 것도 아니다. 사실 여행의 기억을 되살릴 만한 어떠한 기념품도, 유품도, 문서도, 일기장도 내게는 남아 있지 않다. 그 뒤로 이어진 불행과 병고, 깊은 시련의 세월 속에서 기억하고 있던 것들도 대부분 잊어버렸다. 수많은 시련과 끝없는 낙담 끝에, 한때 누구보다도 신뢰하던 내 기억력조차 이제는 부끄러울 정도로 쇠약해져 버렸기 때문이다.

그러나 순전히 개인적인 어려움은 차치하더라도, 나는 과거에 맺었던 결맹의 서약이 있기에 자유롭지 못하다. 그 서약은 나의 개인적인 체험은 자유롭게 이야기할 수 있도록 허락하지만, 결맹의 비밀에 대한 폭로는 엄격히 금한다. 비록 오랜 세월이 흐르는 동안 결맹이 더 이상 눈에 보이는 형태로는 존재하지 않는 듯하고, 그 어떤 동료도 다시 만나지 못했지만 그럼에도 불구하고 이 세상 어떤 유혹이나 위협도 나로 하여금 그 서약을 깨게 만들 수는 없을 것이다. 만약 오늘이나 내일 내가 군사 재판정 앞에 끌려가 목숨을 잃을 것인가 아니면 결맹을 배반할 것인가라는 선택을 강요받는다면,

나는 타오르는 기쁨으로 기꺼이 죽음을 택하여 나의 서약을 봉인할 것이다!

여기서 한 가지 덧붙여 말해둘 것이 있다. 카이저링 백작의 여행 일기[3]가 출간된 후로 여러 책들이 세상에 나왔는데, 그 저자들은 한편으로는 무의식적으로 또 다른 한편으로는 의도적으로 마치 자신이 결맹의 일원이고 동방순례에 참여한 듯한 인상을 풍기곤 했다. 심지어 오센도프스키의 모험적인 여행기[4]조차 때때로 그런 영예로운 의혹을 받았다. 하지만 그들은 모두 우리 공동체나 동방순례와는 아무런 관련이 없다. 설령 있다 하더라도 기껏해야 작은 경건주의 분파의 설교자들이 구세주나 사도들, 성령과 특별한 인연이 있다고 주장하는 것과 별반 다르지 않다.

3   독일의 사상가 헤르만 카이저링(1880~1946)이 아시아와 아메리카를 중심으로 세계 일주를 하고 저술한 『방랑하는 철학자』는 전후 가장 많이 읽힌 책 중 하나였다. 카이저링은 '지혜의 학교'를 세우고 철학을 강의했는데 헤르만 헤세, 카를 융 등이 참여했다.
4   폴란드의 탐험가이자 정치 활동가 페르디난트 오센도프스키(1876~1945)는 러시아 혁명 이후 시베리아를 탈출해 몽골과 티베트를 거쳐 유럽으로 돌아와 『짐승, 인간, 그리고 신들』을 출간하였다.

카이저링 백작이 실제로 배를 타고 편안하게 세계를 일주했을 수도 있고, 오센도프스키는 그가 묘사한 나라들을 실제로 여행했을 수도 있다. 그러나 그들의 여행은 기적이라 부를 만한 것도 아니었고, 새로운 영토를 발견한 것도 아니었다. 반면 우리 동방순례의 몇몇 순간들은 철도, 증기선, 전신, 자동차, 비행기와 같은 현대의 진부한 여행 방식들을 모두 포기함으로써 진정으로 영웅적이고 마법적인 영역에 도달했던 것이다.

당시는 세계 대전이 끝난 직후였으며 특히 패전국 사람들의 정신 세계에서는 현실을 넘어선, 초현실적인 것이라도 받아들일 마음의 준비가 되어 있었다. 물론 실제로 현실의 경계를 넘어 앞으로 다가올 정신의 세계로 나아가는 일은 극히 일부에서만 가능했지만 말이다. 여정 가운데 달빛 바다를 건너 위대한 알베르투스[5]의 인도 아래 파마구스타[6]로 향했던 일이나, 지팡구[7]에서 12도를 지난 곳에서 나비섬을 발견

5 알베르투스 마그누스(1200~1280)는 아리스토텔레스의 철학을 수용하여 중세 스콜라 철학을 집대성한 토마스 아퀴나스의 스승이다.

6 파마구스타는 지중해 키프로스 섬에 있는 항구 도시이다.

7 지팡구는 마르코 폴로가 일본의 중국어 발음을 음차한 것으로 중근세에 일본을 지칭하는 이름이었다.

했던 일, 혹은 뤼디거의 묘지에서 거행되었던 장엄한 결맹의 축제와 같은 경험들은 우리 시대 이 지구상에 사는 사람들에게 단 한 번만 허락되는 사건이자 체험이었다.

여기서부터 벌써 나는 이 기록을 하는 데 있어 가장 큰 난관들 가운데 하나에 맞닥뜨리고 있음을 실감한다. 만약 독자들을 공동체의 비밀 속으로 이끌어 들이는 것이 허락되기만 한다면 우리가 행한 일들이 펼쳐졌던 그 차원, 그리고 그 행위들이 속하는 영혼의 체험들을 비교적 쉽게 전달할 수도 있을 것이다. 하지만 그것은 허용되지 않기에 많은 것들이 어쩌면 모든 것이 독자에게는 믿기 어렵고 결국은 이해할 수 없는 것으로 남을지도 모른다. 그럼에도 불구하고 역설적인 시도는 언제나 다시 감행되어야 하며, 본래 불가능한 일조차 끊임없이 새롭게 시도되어야 하는 법이다. 언젠가 동방에서 온 현명한 친구 싯다르타는 이런 말을 한 적이 있다.

"말이란 숨겨진 깊은 뜻에는 이롭지 못하다. 모든 것이 언제나 조금씩 달라지고, 조금씩 왜곡되며, 조금씩 어리석어진다. 그렇지만 그것도 괜찮다. 나는 그것조차 기꺼이 받아들인다. 어떤 사람에게는 보물이자 지혜인 것이, 다른 사람에게는 언제나 바보 같은 소리로 들릴 수 있기 때문이다."[8]

이미 수 세기 전부터 우리 공동체의 일원들과 결맹의 사관들은 이러한 어려움을 잘 알고 있었지만 이에 용감히 맞서왔다. 그들 가운데 가장 위대한 자는 다음과 같은 불멸의 시구를 남겼다.

멀리 여행한 자는 종종 마주치리라,
그가 진리라 믿었던 것과는 거리가 먼 것들을.

8 헤르만 헤세의 『싯다르타』에서 싯다르타가 친구인 고빈다에게 한 말이다.

그가 고향의 들녘으로 돌아와 그것을 이야기하면

사람들은 그를 거짓말쟁이라며 비웃으리라.

완고한 이들은 자신이 직접 보고 또렷이 느끼지 않으면

결코 믿으려 하지 않으니 말이다.

나는 생각하노니, 세상 경험이 없는 자들은

나의 노래를 결코 믿지 않으리라.[9]

바로 '세상 경험이 없다'라는 것이 한때 수천 명의 사람들을 황홀경에 빠뜨렸던 우리의 여행을 사람들의 의식 속에서 희미하게 한 데 그치지 않고, 그 기억 자체를 터부시하게 했다. 역사를 보면 이와 비슷한 일들이 아주 많았다.

나는 세계사가 종종 단지 한 권의 그림책처럼 느껴지곤 한다. 그 그림책은 인간의 가장 격렬하고 맹목적인 갈망, 곧 '망각에 대한 갈망'을 비추어 보여준다. 어느 세대든지 어김없이 금지하고, 침묵하고, 조롱하는 방식으로 이전 세대가 가장 중요하다고 여겼던 것들을 제거해 버리고 있지 않은가? 여러 해에 걸친 끔찍한 전쟁이 모든 민족에게서 몇 년 동안 철

9　루도비코 아리오스토의 서사시 『광란의 오를란도』 제7곡에 나오는 구절이다.

저히 잊히고, 부정되고, 억눌리고 마치 마법처럼 지워졌음을 우리는 막 목격하지 않았는가? 그런데 잠시 숨을 고르고 나니 바로 그 민족들이 그들 스스로 몇 해 전에 저질렀고 겪었던 전쟁을 이제는 흥미진진한 전쟁 소설의 힘을 빌려 다시 기억해 내려 하고 있지 않은가? 이와 마찬가지로 오늘날 세상에서 잊히고 조롱거리가 된 우리 공동체의 행위와 고난 역시 언젠가 재발견의 날을 맞이하게 될 것이다. 그리고 나의 수기가 조금이나마 그날에 도움이 되리라.

동방순례의 특별한 점 가운데 하나는 이 여정이 공동체의 이름으로 분명하고도 고귀한 목적들을 추구하고 있었다는 사실이다. (이 목적들은 비밀의 영역에 속하므로 여기서 밝힐 수 없다.) 하지만 동시에 모든 참가자들은 개인적인 여행의 목적 또한 가질 수 있었고 아니, 반드시 가져야만 했다. 그런 개인적인 목적이 없다면 누구도 이 순례에 동참할 수 없었기 때문이다. 그리하여 우리 모두는 겉으로는 공동의 이상을 좇고, 하나의 깃발 아래에서 함께 싸우는 것처럼 보였지만, 내면 깊은 곳에서는 누구나 저마다의 유치하고 순수한 어린 시절의 꿈을 가장 내밀한 힘으로 간직하고 있었다.

나 역시 결맹에 들어가기 전에 지도부로부터 여행의 목적에 대한 질문을 받았다. 그 목적은 정말로 단순한 것이었다. 하지만 다른 동료들 가운데는 내가 감히 온전히 이해하지는 못하지만 경외심을 품고 바라보았던, 훨씬 더 난해한 목적들을 품은 이들도 있었다. 예컨대, 어떤 이는 보물을 찾고 있었는데 오로지 '도(道)'[10]라 불리는 위대한 보물을 얻는 것만을 목표로 삼고 있었다. 또 다른 이는 머릿속에 어떠한 뱀을 잡

10　춘추시대에 태동한 도가(道家) 사상의 핵심 개념으로 우주의 근원이며 만물의 변화 법칙이다.

겠다는 생각을 품고 있었는데, 그는 그 뱀에게 마법의 힘이 있다고 믿었고 그것을 '쿤달리니'[11]라 불렀다. 하지만 나의 여행과 삶의 목표는 이미 소년기의 끝 무렵부터 꿈결처럼 떠올렸던 것이었는데, 바로 아름다운 공주 파트메를 직접 만나보고 가능하다면 그녀의 사랑을 얻는 것이었다.

  내가 결맹에 들어갈 수 있는 행운을 얻었던 때는 세계 대전이 막 끝난 직후였다. 그 무렵 나라 안은 온갖 구세주와 예언자, 사도라고 하는 자들로 가득 차 있었고, 세상의 종말에 대한 예감이나 제3제국[12]의 도래에 대한 희망으로 뒤덮여 있었다. 전쟁의 충격과 기근과 고난으로 절망하고, 피와 재산을 바쳐가며 치른 모든 희생이 헛된 것이었다는 깊은 좌절 속에서도 우리 민족은 수많은 환상은 물론 진정한 영혼의 고양에도 쉽게 마음을 열 수 있었다. 그 시절에는 바쿠스적인 광란의 춤을 추는 공동체도 있었고, 재세례파[13]를 연상케

---

11   힌두교에서 유래한 것으로 척추 기저에 있는 잠재된 신성한 에너지이며, 요가와 같은 수련을 통해 일깨워진다.

12   제1차 세계 대전 이후 히틀러가 집권한 나치 시대를 말한다.

13   종교 개혁 시대에 나타난 급진 종교개혁 사상 중 하나이다. 재침례파라고도 하며 현재까지 이어지고 있다.

하는 투쟁 단체들도 있었으며, 피안의 세계나 기적을 내세우는 크고 작은 모임들이 넘쳐났다. 인도, 고대 페르시아, 동방의 신비와 종교 의식에 대한 기이한 매혹 또한 널리 퍼져 있었다. 바로 이러한 시대적 분위기 속에서 우리 결맹도 사람들에게는 그저 갑작스레 떠오른 수많은 유행의 산물 중 하나로 보였을 것이다. 그리고 몇 년이 지나자 다른 유사한 것들과 함께 잊히거나 멸시와 비웃음의 대상이 되어버렸다. 그렇다고 이런 것들이 충성을 지킨 결맹 사람들의 마음까지 바꾸어놓을 수는 없었다.

나는 아직도 그 순간을 또렷이 기억한다. 수련의 해가 끝나고, 나는 지도부 앞에 나아가 정식으로 입회를 청했다. 그곳에서 대변인으로부터 동방순례 계획에 관한 설명을 들었고 나의 몸과 삶 전체를 그 계획에 바치겠노라 맹세하였다. 그러자 그는 내게 다정하게 물었다.

"그대는 이 동화 같은 여정에서 무엇을 기대하고 있는가?"

나는 얼굴이 붉어졌지만, 주저하지 않고 내 마음 깊은 곳

에 있는 소망을 고백했다. 바로 파트메 공주를 직접 눈으로
볼 수 있기를 바란다는 것이었다. 대변인은 베일을 쓴 사람들
의 몸짓을 해석해 내게 전하며, 다정히 내 정수리에 손을 얹
고 축복해 주었다. 그리고 나의 입회를 결정하는 성스러운 선
포를 하였다.

"아니마 피아"[14]

그는 나를 이렇게 부르며 믿음에 대해 충성을 다할 것과,
위기 속에서 용기를 잃지 말 것, 형제애와 같은 사랑을 지킬
것을 일깨워 주었다. 수련 기간 동안 이미 충분한 준비를 마
쳤기에 나는 그 자리에서 세상과 세상의 그릇된 믿음들을 버
리겠노라 서약을 했다. 손가락에는 결맹의 반지가 끼워졌다.
그 반지에는 우리 결맹의 연대기 중 가장 아름다운 장에서
따온 구절이 새겨져 있었다.

대지와 공기, 물과 불 속에서도
영(靈)들 모두가 그에게 복종하리니,

14　라틴어로 '경건한 영혼이여'라는 뜻이다.

그의 모습은 사나운 괴물들마저 놀라움 속에 길들이며
적(敵)그리스도조차 떨며 그 앞에 다가오게 되리라….

결맹에 입문했을 때 약속 받은 것처럼, 나 역시 기쁘게도 한 가지 깨달음을 바로 얻을 수 있었다. 나는 지도자들의 지시에 따라 결맹의 대열에 합류하기 위해 떠나 있던 열 명 정도의 소그룹에 합류했다. 그리고 곧바로 우리 여정의 비밀들 중 하나가 드러났다.

나는 깨달았다. 나는 '동방순례'라는 하나의 특정한 순례 여정에 참여하고 있었지만, 그것은 겉모습일 뿐이었다. 더 근원적인 의미에서 보면 이 '동방순례'는 나만의 여정도, 지금 이 순간에만 벌어지는 일도 아니었다. 그것은 신실한 자들과 자신을 내어 맡긴 자들의 행렬이었으며 광명의 고향을 향해, 즉 동방을 향해 끊임없이 물결치듯 지속되고 있었다. 그것은 모든 시대를 관통해 빛과 기적을 향해 나아가는 영혼들의 영원한 행렬이었다. 한 사람 한 사람, 우리 소그룹, 그리고 이 전체 대열조차 그저 하나의 물결에 지나지 않았다. 영혼들의 끝없는 흐름, 고향을 향한 영혼의 영원한 갈망의 흐름에서 그 깨달음은 번갯불처럼 나를 꿰뚫었고 동시에 마음속에서 수련 시절에 배운 한 구절이 떠올랐다. 그 문장은 시인 노발리스의 말로, 그 뜻을 제대로 알지도 못하면서도 언제나 이상하리만치 마음에 들었던 말이다.

"우리는 어디로 가고 있는가?
언제나, 집으로 가고 있는 것이다."[15]

그사이 우리 소그룹은 여행길에 올랐고, 얼마 안되어 다른 그룹들과도 만났다. 우리 모두의 마음은 점점 하나됨과 동시에 공동의 목표를 향한 희열로 가득 찼다. 규율에 따라 우리는 순례자처럼 살아갔으며 돈과 숫자와 시간에 홀린 세상이 만든 장치들, 삶을 공허하게 만드는 도구들은 일체 사용하지 않았다. 이를테면 철도나 시계 같은 기계들은 이용하지 않았다.

우리가 한결같이 지킨 또 하나의 원칙은 우리 결맹과 그 신앙의 오랜 역사와 관련된 모든 장소와 기억들을 찾아가 기리는 것이었다. 순례길을 따라 만나는 모든 성지와 기념비,

15 　노발리스(1772~1801)는 독일 초기 낭만주의를 대표하는 시인이자 철학자이다. 이 구절은 노발리스의 『푸른 꽃』 2부 「실현」에 등장하는 구절이다.

교회, 존귀한 무덤들을 방문하여 경배를 드렸다. 예배당과 제단을 꽃으로 장식했고, 폐허 앞에서는 노래와 침묵의 명상을 바쳤다. 그리고 죽은 자들을 위해 음악과 묵도로 추도하였다. 물론 이따금 믿음 없는 사람들로부터 조롱과 방해를 받는 일도 적지 않았다. 하지만 어떤 사제들은 우리를 축복하고 손님으로 맞아 주었고, 아이들이 우리 노래를 배우고 함께 따라 걷다가 우리가 떠날 때는 눈물을 글썽이며 배웅해 주기도 했다. 어떤 노인은 우리에게 잊혀진 유적을 알려주고 지역의 전설을 들려주기도 했으며, 젊은이들은 한동안 우리와 함께 걸으며 결맹에 가입하고 싶어하기도 했다. 이런 청년들에게는 조언을 해주고, 초심자들이 처음에 지켜야 할 규율과 행해야 할 훈련들을 가르쳐주기도 했다.

그리고 마침내 경이로운 일들이 일어나기 시작했다. 어떤 것은 우리 눈앞에서 벌어졌고, 기적적인 일들에 대한 이야기와 전설을 듣게 될 때도 있었다. 내가 아직 초심자였던 어느 날, 우리 통솔자들의 천막에 거인 아그라만테[16]가 손님

16　루도비코 아리오스토의 서사시 『광란의 오를란도』에 등장하는 인물로, 아프리카의 왕이다.

으로 찾아와 통솔자들을 설득해 아프리카 쪽으로 길을 잡자고 하였다. 무어인[17]에게 붙잡혀 있는 결맹의 형제들을 구출해야 한다는 것이었다. 또 한번은 위로를 해주는 난쟁이 요정이 찾아와 우리의 순례가 블라우토프[18] 쪽으로 향하게 될 것이라고 말해주었다.

그러나 내 눈으로 직접 목격한 기이한 현상은 이런 것이었다. 우리는 슈파이헨 마을 초입에 위치한 어느 반쯤 무너진 예배당에서 기도를 드리며 쉬고 있었다. 그 예배당에서 유일하게 멀쩡하게 남아 있던 벽에는 거대한 성 크리스토포로스[19]가 그려져 있었는데, 그의 어깨 위에는 오랜 세월이 흐르는 동안 반쯤 지워진 어린 구세주가 앉아 있었다. 지도자들은 전에도 가끔 그러했듯이 곧장 길을 떠나지 않고, 우리 모두를 불러 놓고 의견을 물었다. 왜냐하면 그 예배당은 세 갈래 길이 만나는 길목에 자리해 있었기 때문이다. 의견을 밝

17 이베리아반도와 북아프리카에 살았던 이슬람교도를 지칭하는 용어로 쓰였다.

18 독일의 시인 에두아르트 뫼리케(1804~1875)의 소설 『슈투트가르트의 도깨비』의 배경이 되는 호수이다. 독일에서 두 번째로 큰 석회암 호수로 푸른빛의 모습으로 유명해 예로부터 전설 속에 인용되었다.

19 크리스토포로스는 그리스도교의 전설적 성인으로 흔히 어린 예수를 업고 강을 건너는 거인 남자로 그려진다. 여행자의 수호성인이다.

강을 건너는 성 크리스토포로스 Albrecht Dürer (1528)

힌 이는 몇 되지 않았으나 그 가운데 한 사람이 왼쪽을 가리키며 간절하게 그 길로 가자고 주장했다. 우리는 조용히 지도자들의 결정을 기다리고 있었다. 그때 믿기 어려운 일이 일어났다. 벽화 속의 성 크리스토포로스가 갑자기 팔을 들어, 거칠고 긴 지팡이로 왼쪽 길을 가리킨 것이었다. 바로 우리 형제가 앞서 지목했던 그 길이었다. 우리 모두는 말없이 그것을 바라보고만 있었다. 지도자들은 왼편으로 걸음을 옮겼고, 우리도 기쁨 속에서 그 길을 따랐다.

슈바벤 지방을 여행한 지 오래 지나지 않아, 전혀 예상치 못했던 어떤 세력이 모습을 드러냈다. 우리는 그들의 영향력을 강하게 느낄 수 있었지만, 그것이 우호적인 것인지 적대적인 것인지는 알 수 없었다. 그것은 바로 '왕관의 수호자들', 곧 이 땅에서 옛날부터 호엔슈타우펜 가문[20]의 전통과 유산을 지켜온 세력이었다. 우리 지도자들이 이에 대해 더 많은 것을 알고 있었는지, 또 특별한 지시를 받았는지는 알 수 없다. 다만 내가 확실히 아는 것은, 그들로부터 몇 차례 격려 혹

20 중세 독일과 신성 로마 제국의 유력 가문으로 슈바벤 공작 왕위를 세습하여 슈바벤 왕조라 부르기도 한다.

은 경고가 전해졌다는 것이다. 예컨대, 보핑엔으로 가는 길가의 어느 언덕에서 회색 갑옷을 입은 백발의 무장이 우리 앞에 나타났던 적이 있었다. 그는 눈을 감은 채 고개를 가로젓더니 곧바로 자취도 없이 사라져 버렸다. 우리 지도자들은 그 신호를 경고로 받아들였고 즉시 발길을 돌려 보핑엔에는 끝내 당도하지 못하게 되었다.

우라흐 근처에서는 왕관의 수호자들 중 사자(使者) 한 명이 마치 땅속에서 솟아오르듯 지도자들의 천막 한가운데에 나타나 갖은 유혹과 협박으로 호엔슈타우펜 왕조의 명을 받들라고 하였다. 특히 그는 시칠리아 섬을 정복할 준비를 하도록 유인하였다. 지도자들이 이를 단호히 거부하자, 사자는 우리 결맹과 순례 여정에 끔찍한 저주를 퍼부었다고 한다. 하지만 이것은 내가 직접 들은 것은 아니고, 우리 사이에 나돌던 이야기일 뿐이다. 지도자들은 이에 대해 단 한마디의 언급도 하지 않았다. 그런데도 그 당시 한동안 우리 결맹이 호엔슈타우펜 왕조를 재건하기 위한 비밀 결사라는 오해를 받게 된 것은 이런 소문들 때문이었던 것 같다.

언젠가 한번은 동료 중 한 사람이 결맹에 들어온 것을 후회하면서 자신의 맹세를 짓밟고 회의에 빠져 믿음을 저버리는 모습을 지켜보아야만 했다. 그는 내가 참으로 좋아했던 젊은이였다. 그가 동방순례에 참여하게 된 것은 예언자 무함마드의 관이 마법에 의해 자유로이 공중을 떠돈다는 말을 듣고, 직접 확인해보고 싶다는 소망 때문이었다. 우리는 토성과 달의 대립으로 발이 묶여 슈바벤 지방 아니면 알레만니 지방의 어느 작은 도시에 며칠간 머물렀다. 얼마 전부터 어딘지 거북하고 우울해 보이던 이 불행한 젊은이는 거기서 학창 시절부터 따르던 옛 스승 한 분을 만났다. 그리고 스승은 젊은이가 우리의 순례를 불신자들의 눈에 비치는 모습으로 바라보도록 만들어 놓았다. 이 가련한 인간은 옛 스승을 만나고 난 후, 일그러진 표정으로 야영 숙소로 돌아와서는 지도자의 천막 앞에서 소동을 피웠다. 대변인이 밖으로 나오자 그는 분노에 찬 목소리로 외쳤다.

그는 더 이상 이 광대 같은 행렬에 따라다니고 싶지 않다고, 이렇게 해서 우리는 결코 동방에 도달하지 못할 것이라고 소리쳤다. 멍청한 점성술 타령에 며칠씩이나 멈춰서는 이 무의미한 여행도, 한가하게 빈둥거리는 것도, 유치한 행진도,

화려한 꽃 잔치나 마법 흉내도, 삶과 시를 뒤섞어 놓는 이런 헛짓거리들도 전부 다 지긋지긋하다고 말이다. 그러면서 지도자들의 발 앞에 반지를 내던지고는 이 광대극을 끝내고 쓸모 있는 일들을 하기 위해 기차를 타고 고향으로 돌아가겠다고 했다. 그것은 참으로 참담하고 보기 딱한 광경이었다.

우리는 수치심과 동시에 이 눈먼 인간에 대한 연민의 정 때문에 가슴이 죄어들었다. 대변인은 그의 말을 상냥하게 듣고 있더니, 미소를 지으며 몸을 굽혀 팽개쳐진 반지를 집어 들었다. 그러고는 화가 나서 날뛰던 사람이 부끄러워하지 않을 수 없을 정도로 명랑하면서도 온화한 목소리로 말했다.

"자네는 우리와 작별을 고했네. 그러니까 기차로, 이성으로, 유익한 일들로 되돌아갈 것이네. 자네는 결맹과 작별하였고, 동방으로의 행렬로부터 작별하였으며, 마법과 꽃의 축제 그리고 시와도 작별을 고했네. 자네는 이제 자유로운 몸이야. 자네는 자네의 맹세로부터 해방되었네."
"그럼 침묵의 서약도 풀리는 겁니까?"
변절자는 격렬하게 외쳤다.

"침묵의 서약도 해제되었네."

대변인이 대답했다.

"돌이켜 생각해 보게나. 자네는 믿음이 없는 사람들 앞에 서는 결맹의 비밀을 말하지 않겠다고 맹세했었지. 그런데 방금 보여준 것처럼 그 비밀을 이미 잊어버렸다면 아무한테도 그걸 말할 수 없을 것일세."

"잊었다니? 난 아무것도 잊지 않았소!"

젊은이는 이렇게 외쳤지만, 목소리는 이미 불안에 떨고 있었다. 대변인이 등을 돌리고 천막 안으로 사라지자, 그는 서둘러 달아나 버렸다.

그가 떠난 뒤 우리는 잠시 슬퍼했지만 그 시절은 너무나 많은 사건들로 가득했기 때문에 그는 놀랍도록 빠르게 잊혀져갔다. 그로부터 얼마 후, 그 사건을 완전히 까먹고 살 무렵 우리가 지나가는 여러 마을과 거리에서 그 젊은이에 대한 소문을 듣게 되었다. 그들은 그의 이름까지 분명히 말하며 그가 어떻게 생겼는지를 정확히 묘사했다. 어떤 젊은 사람이 이곳에 왔었는데, 도처에서 우리를 찾아다니고 있다는 것이었다. 처음에는 자기가 우리 일행인데 행진에서 낙오되어 길을 잃었노라고 했다가, 다음에는 울음을 터트리며 울기 시작하더니 사실은 그가 우리를 배반하고 도망을 쳤는데 이제는 결맹을 떠나서는 살 수 없다는 것을 알게 되었고 우리를 꼭 찾아내어 지도자 앞에 무릎을 꿇고 용서를 빌겠다고 말하더라는 것이다.

여기저기에서 이와 똑같은 이야기를 들었는데, 우리가 도착할 때 쯤에는 언제나 이 불쌍한 사람이 방금 전에 떠나가고 없었다. 우리는 대변인에게 그 젊은이에 대해서 어떻게 생각하는지, 앞으로 어떻게 할 것인지 조심스레 물었다. 그러자 그는 짤막하게 대답했다.

"그가 우리를 찾지는 못할 겁니다."

그리고 실제로 우리는 그를 다시는 볼 수 없었다.

언젠가 지도자들 중의 한 사람과 사적인 대화를 나누게 되었을 때 나는 용기를 내어 다시 물어보았다.

"그 형제 말입니다. 그는 자신의 행동을 후회했고, 우리를 찾고 있습니다. 우리가 도와야 하지 않을까요? 그는 분명히 누구보다 충실한 형제가 될 겁니다."

그러자 지도자는 이렇게 대답했다.

"그가 다시 돌아올 수 있다면 우리 모두에게 분명히 기쁜 일이 될 겁니다. 다만 우리가 그 과정을 대신 쉽게 만들어줄 수는 없습니다. 그는 스스로 믿음을 저버리는 쪽을 택했으니, 아마 우리가 곁을 지나가더라도 알아보지 못할 겁니다. 그의 눈은 이미 멀어버렸지요. 단순히 후회만으로는 부족합니다. 은총은 뉘우침으로 살 수 있는 것이 아니며, 애초에 어떤 대가를 치르고 얻을 수 있는 성질의 것도 아니니까요. 이미 많은 사람들이 이와 비슷한 일을 겪었답니다. 위대한 인물들, 이름난 사람들조차도 이 젊은이와 같은 운명의 동지가 되었지요. 한때 그들의 젊은 시절에도 빛은 비추었고, 별을 따라 나아가기도 했겠지요. 그러나 곧 이성이라는 것, 세상의 비웃음이 느껴졌을 겁니다. 겉으로 보기엔 실패와 같으니 피로와 실망으로 그들은 다시 길을 잃게 되고 눈먼 존재가 되고 말아 버린겁니다. 많은 사람들이 일생을 바쳐 우리를 찾고 또 찾았지만, 결국 다시 만나지는 못했지요. 그리고는 세상에 나가 우리 결맹은 그저 사람을 현혹하는 한낱 아름다운 이야기일 뿐이라고 떠들고 다녔습니다. 또 다른 이들은 맹렬한 적이 되어, 자신들이 할 수 있는 온갖 모욕과 해악을 결맹에 퍼붓기도 하였습니다."

　우리가 순례길에서 다른 결맹의 그룹들과 만날 때마다 그 나날들은 언제나 경이롭고 축제 같은 분위기로 빛이 났다. 그럴 때면 수백 명, 때로는 수천 명이 모인 거대한 야영지를 이루기도 했다. 우리의 여정은 모든 참여자들이 같은 방향으로, 일정한 질서로 한 덩어리의 대열을 이루어 움직이는 그런 방식이 아니었다. 수많은 그룹이 동시에 길을 떠나 제각기 지도자와 별자리를 따라 움직였다. 그들은 언제든지 더 큰 공동체에 녹아들어 그 일부가 될 준비가 되어 있었지만,

다시 흩어져 홀로 길을 이어갈 준비 또한 되어 있었다. 홀로 걷는 순례자들도 많았다. 나도 가끔 그랬다. 어떠한 신호나 부름이 나를 이끌면 나는 혼자만의 길을 택하곤 했다.

며칠간 함께 행진하고 또 함께 야영도 했던 한 작은 무리가 기억난다. 그 그룹은 아프리카에 포로로 잡혀 있던 결맹의 형제들과 이사벨라 공주를 무어인들의 손아귀에서 구해내겠다는 사명을 지니고 있었다. 이들에겐 휘온의 뿔이 있다고들 했으며, 내가 친하게 지내던 시인 라우셔[21], 화가 클링조어[22], 그리고 파울 클레[23]가 그 일행에 속해 있었다. 그들은 오로지 아프리카와 포로로 잡힌 공주에 대해서만 이야기했고, 그들의 성서(聖書)는 돈키호테[24]의 행적에 관한 책이었다. 돈키호테에 대한 경의를 표하고자 그들은 스페인을 경유하는 길을 택할 생각까지 하고 있었다.

21   헤르만 헤세의 초기 산문집 『헤르만 라우셔의 유작과 시』의 등장인물이다.

22   헤르만 헤세의 소설 『클링조어의 마지막 여름』의 주인공이다.

23   파울 클레(1879~1940)는 스위스 출신의 독일 화가로, 현대 추상 회화를 선도했다.

24   미겔 데 세르반테스의 소설 『돈키호테』의 주인공이다.

돈키호테와 산초판사 John Vanderbank (1729)

그런 동료 무리를 만나는 것은 언제나 아름다운 일이었다. 그들의 의식과 축제를 함께하며 그들을 우리 모임으로 초대하여 계획과 소망을 듣고, 작별 인사를 하며 축복을 전하는 것. 우리가 우리의 길을 가듯 그들도 그들의 길을 가고 있으며, 각자가 자신의 꿈과 소원과 은밀한 유희를 가슴속 깊이 품고 있으면서도 모두가 그 커다란 흐름 속에 함께하고 있다는 것. 함께 한 집단에 속하여 마음속엔 똑같은 외경심, 똑같은 믿음을 지니고 모두가 동일한 맹세를 했다는 것은 언제나 감동적인 일이었다.

나는 카슈미르에서 인생의 행복을 찾고자 했던 마법사 유프를 만났고 『모험저 독일인 짐플리치시무스』[25]에서 가장 좋아하는 구절을 외우던 연기(煙氣)의 마술사 '콜로피노'[26], 그리고 꿈속 성지에서 올리브 나무 정원을 가꾸고 노예를 거느리는 삶을 그리던 잔혹한 성격의 루이를 만났다. 그는 어

25 독일의 작가 한스 그리멜스하우젠(1622~1676)의 소설로 독일 바로크 문학의 주요 작품이다.

26 콜로피노는 헤르만 헤세의 절친한 친구 요제프 파인할스의 필명으로 담배 제조회사를 운영한 그를 암시하고 있다.

린 시절 파란 붓꽃을 찾아 나선 안젤름[27]과 팔짱을 끼고 나란히 걸었다. 나는 '외국 여인'이라 불리던 니논을 만났고, 또 사랑했다.[28] 검은 머리 아래로 드리운 그녀의 눈빛은 어둡게 빛났다. 그녀는 내 꿈 속의 공주 파트메를 질투했다. 그녀는 알지 못했지만, 어쩌면 그녀 자신이 파트메였을지도 모른다.

우리가 이렇게 길을 걸어가던 것처럼, 옛날에도 순례자들, 황제들, 십자군 기사들이 구세주의 무덤을 해방시키기 위해 혹은 아라비아의 마법을 배우기 위해 이 길을 걸어갔다. 스페인의 기사들, 독일의 학자들, 아일랜드의 수도사들, 프랑스의 시인들 또한 이 길을 순례했다.

본래 내 직업이라고 해봐야 바이올린을 켜고 옛이야기를 읽어주는 일뿐인 나에게 우리 일행의 음악을 담당하는 임무가 맡겨졌다.[29] 이때에 나는 위대한 시대가 어떻게 왜소한 개인을 고양시켜, 그가 지닌 온갖 힘을 발휘케 하는가를 경험했다. 나는 바이올린을 연주하고 합창대를 지휘했을 뿐만

---

27   헤르만 헤세의 동화 『아이리스』의 주인공이다.

28   헤르만 헤세의 세 번째 아내 니논 헤세(1895~1966)를 가리킨다.

29   어릴 적부터 바이올린을 배운 헤세는 작품에도 음악인을 등장시키거나 음악과 관련된 구절을 즐겨 넣었다.

아니라 옛날 가곡들과 합창곡들을 수집하기도 하고, 6중창과 8중창의 성가곡과 중창곡을 작곡해서 연습시키기도 했다. 하지만 지금 내가 말하려는 것은 그 이야기가 아니다.

내 동료들과 지도자들 가운데 많은 이들이 나에게 아주 소중한 존재가 되었다. 그러나 당시에는 별로 눈에 띄지 않았던 사람이 훗날 내 기억 속에 이토록 오래 남게 될 줄은 몰랐다. 그가 바로 레오였다. 레오는 하인 가운데 한 명이었다. (하인들도 물론 우리처럼 자발적으로 참여한 사람들이었다.) 그는 짐을 나르는 일을 도왔으며, 종종 대변인의 시중을 맡기도 했다. 이 소박해 보이는 남자에게는 사람을 불편하게 하지 않으면서노 저절로 호감을 불러일으키는 매력이 있어서 모두가 그를 좋아했다. 레오는 늘 즐겁게 일했다. 대개 혼자서 콧노래를 부르거나 휘파람을 불었으며 누군가 그를 필요로 할 때에만 모습을 드러내는 말 그대로 이상적인 하인이었다. 게다가 모든 동물들이 그를 따랐다. 우리는 항상 레오 때문에 따라온 개 한 마리쯤을 데리고 다녀야 했다. 레오는 새들을 길들일 수 있었고, 나비를 유인할 수도 있었다.

그가 동방으로 향한 것은 솔로몬의 열쇠를 통해 새들의 언

어를 이해하는 법을 배우고 싶다는 소망 때문이었다. 우리 결맹의 여러 인물들 가운데는 그 가치와 충성심에는 아무 흠이 없다 하더라도 어딘가 과장되거나, 기묘하거나, 지나치게 의례적이거나, 혹은 공상적인 면모를 풍기는 사람들이 적지 않았다. 그러나 그런 사람들 사이에서 하인 레오는 늘 소박하고 자연스러웠으며 혈색이 좋고 건강해 보였다. 그는 다정하면서도 겸허한 사람이었다.

내가 이 이야기를 전하기 어려운 까닭은 내 기억 속에 남아 있는 장면들이 서로 너무나도 다르기 때문이다. 이미 말했듯 우리는 때때로 작은 무리를 이루어 행진했고, 때로는 하나의 집단을 형성하거나 대군을 이루기도 했으며, 어떤 때에는 오직 한 명의 동료와 함께 혹은 텐트도 지도자도 없이 홀로 남겨져 있기도 했다.

이야기를 전하기 어려운 또 다른 까닭은 우리가 단지 공간적으로 이동한 것만이 아니라 시간을 거스르며 여행했기 때문이다. 우리의 여정은 동방으로 향하고 있었지만 동시에 우리는 중세로도, 또 황금 시대로도 행진을 했다. 이탈리아나 스위스를 지나가면서도 때로는 10세기로 거슬러 올라가 족장들이나 요정들과 함께 지내기도 했다. 혼자 있을 때에는 내 과거 속의 상소와 풍경, 사람들을 만나곤 했다. 옛 약혼자와 함께 라인강 상류의 우거진 강변을 거닐었고 튀빙겐이나 바젤 혹은 피렌체에서 어릴 적 친구들과 함께 술잔을 기울이기도 했다. 학창 시절 친구들과 함께 나비를 잡으러 다니거나 수달을 몰래 지켜보기도 했다. 때로는 내가 사랑하던 책 속의 인물들과 동행하기도 했다. 알 만수르, 파르치팔[30], 비

---

30 독일의 작가 볼프람 폰 에셴바흐가 13세기 초 저술한 대서사시 『파르치팔』의 주인공이다. 당대 서사시중 가장 위대하다고 평가된다.

티코[31], 골드문트[32] 혹은 산초 판사[33]가 내 곁에서 말을 타고 가기도 했고, 바르마키드[34]의 집에서 손님으로 머물기도 했다.

그리고 다시 어느 골짜기에서 무리로 돌아와 결맹의 노래를 들으며 지도자들의 천막 맞은편에 자리를 잡았을 때 나는 곧 깨달았다. 내가 어린 시절로 되돌아갔던 일이나 산초와 함께 말을 타고 달렸던 여정 또한 순례의 필연적인 일부였다는 것을 말이다. 왜냐하면 우리의 목표가 단지 동방만은 아니었기 때문이다. 아니, 더 정확히 말하면 '동방'이라는 것은 단순히 어떤 나라나 지리적인 장소가 아니었다. 동방은 영혼의 고향이자 청춘이었고, 어디에나 있으면서도 아무데도 없는, 모든 시간이 하나가 되어버린 그런 곳이었다.

이러한 깨달음은 찰나의 순간에만 의식될 수 있었지만 바

---

31 오스트리아 소설가 아달베르트 슈티프터(1805~1868)의 역사소설 『비티코』의 주인공이다.

32 헤르만 헤세의 소설 『나르치스와 골트문트』의 주인공이다.

33 미겔 데 세르반테스의 소설 『돈키호테』의 등장인물이다.

34 바르마키드 가문(Barmakids)은 8세기 아바즈 왕조 아래에서 영향력 있는 페르시아의 귀족 가문이었다. 『천일야화』에도 자주 등장한다.

로 거기에 내가 그 당시 맛보았던 큰 행복이 깃들어 있었다. 그 행복이 다시 내 곁을 떠나버린 뒤에야 이 모든 것의 의미가 비로소 또렷하게 보였지만, 그로부터 나는 어떤 도움도, 어떤 위안도 얻을 수 없었다.

되찾을 수 없는 소중한 무언가가 사라지고 나면 우리는 마치 꿈에서 깨어난 듯한 기분을 느끼게 된다. 나의 경우에는 이 느낌이 섬뜩할 정도로 정확했다. 왜냐하면 내가 누렸던 행복은 꿈 속에서의 행복과 같은 신비로 이루어져 있었기 때문이다. 상상 가능한 것은 모두 체험할 수 있었고, 외면의 세계와 내면의 세계를 넘나들며 시간과 공간을 마치 무대 장치처럼 옮겨 놓을 수 있는 자유가 있었다. 우리가 결맹의 형제들로서 자동차도 배도 없이 세계를 여행하고, 전쟁으로 뒤흔들린 세계를 믿음으로 극복하여 낙원으로 바꾸어 놓았던 것처럼 그렇게 우리는 과거와 미래와 상상 속의 이야기들을 창조적으로 현재의 순간 속에 불러냈다.

그리고 슈바벤에서든, 보덴 호수에서든, 스위스에서든 어디를 가든 우리의 여정을 이해해주거나 적어도 우리와 우리 결맹, 그리고 동방순례가 존재한다는 사실만으로 어떤 방식으로든 고마움을 표하는 사람들을 만날 수 있었다. 우리는 취리히의 전차들과 은행 건물들 한가운데에서 노아의 방주를 만나기도 했다. 그 방주는 모두 똑같은 이름으로 불리는 여러 마리의 늙은 개들이 지키고 있었다. 방주를 몰고 있던 이는 예술을 사랑하는 노아의 후손 한스 C.[35]였는데, 메마르고 각박한 시대의 얕은 물살을 용기있게 가로지르고 있었다.

우리는 빈터투어에서 슈퇴클린의 마법의 방[36] 아래 깊은 곳에 자리한 중국식 사원에 초대받기도 했다. 그곳에서는 청동 마야상 아래 향이 피어오르고 있었고, 사원의 종이 울릴 때마다 검은 왕이 부는 피리소리가 울려 퍼졌다. 그리고 존넨베르크 산기슭에서는 시암 왕[37]이 세운 작은 식민지인 수온 말리에 당도했다. 석불과 청동불 사이에서 우리는 감사하는 마음으로 술잔을 올리고 분향을 했다.

35 한스 C. 보드머는 헤세의 친구이다. 그는 헤세에게 경제적 후원을 아끼지 않았는데, 헤세에게 스위스 몬타뇰라에 있는 집을 선물하기도 하였다.

36 슈퇴클린의 마법의 방은 헤르만 헤세의 친구였던 게오르크 라인하르트의 작업실로 슈퇴클린의 그림들이 걸려 있었다. 슈퇴클린은 헤세의 『크눌프』를 비롯하여 여러 작품의 삽화를 맡은 화가이다.

37 시암은 태국의 옛 국호이다.

가장 아름다웠던 경험 중 하나는 브렘가르텐[38]에서 열린 결맹의 축제였다. 그날 우리는 견고한 마법진에 둘러싸여 있었다. 성주 막스와 틸리가 우리를 맞아주었고, 천장이 높은 큰 홀에서는 오트마르[39]가 피아노로 모차르트를 연주하고 있었다. 정원에는 앵무새와 말을 하는 온갖 동물들이 가득했다. 분수대 옆에서는 요정 아르미다가 노래를 불렀다. 그리고 점성술사 롱구스[40]가 검은 머리를 이마 위로 나부끼며 사랑스러운 하인리히 폰 오프터딩엔[41]의 얼굴 옆에서 고개를 끄덕이고 있었다. 정원에서는 공작들이 울고 있었고, 루이는 장화 신은 고양이와 스페인어로 대화를 나누고 있는 한편, 삶이라는 거대한 가면극의 비밀을 들여다본 뒤 충격에 빠진 한스 레좀은 샤를마뉴의 무덤으로 순례를 떠나겠다고 맹세했

38 스위스의 작은 마을에 위치한 브렘가르텐 성에서 막스와 틸리 부부가 호화로운 파티를 열곤 했는데 헤르만 헤세도 이 저택을 자주 방문하였다.

39 헤세의 음악가 친구 오트마르 쇠크(1886~1957)이다. 스위스 낭만주의 작곡가이자 지휘자였다.

40 헤세는 정신적 어려움을 겪던 시기에 칼 융의 제자인 요제프 베른하르트 랑에게 정신분석 치료를 받았다. '롱구스'는 그의 이름 '랑'을 라틴어화한 것이다.

41 독일 초기 낭만주의를 대표하는 시인 노발리스(1772~1801)의 소설 『푸른 꽃』의 주인공이다. 본래 제목은 하인리히 폰 오프터딩엔(Heinrich von Ofterdingen)이다.

다. 그날은 우리 여정 가운데서도 가장 찬란한 순간들 중 하나였다. 우리는 마법의 물결을 몰고 왔고, 그것은 주변의 모든 것을 휩쓸어 새로이 빛나게 했다. 마을 사람들은 아름다움 앞에 무릎을 꿇고 경의를 표했으며 성주는 그날 저녁 우리가 펼친 기적들을 담은 시를 낭송했다. 성벽 주위로는 숲속 동물들이 빽빽이 몰려와 귀를 기울였고, 강물 속에선 물고기들이 장엄한 모습으로 반짝거리며 던져주는 과자와 술을 받아먹고 있었다.

이런 눈부신 체험들은 그 정신에 직접 스며든 이에게만 제대로 전할 수 있는 법이다. 내가 이렇게 글로써 묘사한다면 빈약하게 들리거나, 어쩌면 어리석게조차 느껴질지도 모른다. 하지만 브렘가르텐의 나날들을 함께 겪고 축복했던 이라면, 내가 말하는 모든 것을 확인해주고 더 아름다운 이야기들을 덧붙여 줄 것이다. 달이 떠오를 때면 울창한 나무들 사이로 공작의 꼬리깃이 은빛으로 번져 빛났고, 그늘진 강가의 바위 틈에서는 물의 요정들이 수면 위로 올라오며 달빛처럼 달콤하고 은은하게 빛났으며, 여윈 모습의 돈키호테는 밤샘 경계를 서듯 너도밤나무 아래 우물가에 홀로 서 있었다. 그

사이 성탑 위에서는 마지막 불꽃놀이의 빛줄기들이 달빛 어린 밤하늘 속으로 부드럽게 가라앉고 있었다. 나의 동료 파블로[42]는 머리에 장미 화관을 쓰고서 소녀들 앞에서 페르시아의 갈대 피리를 얼마나 멋지게 불어 댔던가.

아, 누가 상상이나 했겠는가. 마법진이 그렇게 빨리 사라져 버릴 줄을! 우리 모두가, 그리고 나 역시도! 다시 판에 박힌 듯 무미건조하고 황량한 현실 속을 헤매고 다니게 될 것이라고는 알지 못했다. 마치 술자리나 휴일 나들이를 마친 관료나 가게 점원이 맥빠진 기분으로 다시 고개를 떨구듯 말이다.

42　헤르만 헤세의 작품 『황야의 이리』의 등장인물이다.

그러나 그 시절에는 우리들 중 어느 누구도 그런 생각을 할 수 없었다. 브렘가르텐의 성탑 안에 누워 있을 때 어디선가 라일락 향기가 내 침실까지 스며들었고 나무들 사이로 강물 흐르는 소리가 들려왔다. 나는 깊은 밤, 행복과 그리움에 취한 채 창문을 넘어 내려가 보초를 서고 있는 기사와 술에 취해 깊이 잠든 사람들 곁을 살금살금 지나 물가로, 요란하게 흐르는 강물과 하얗게 반짝거리는 인어들에게로 내려갔다. 그러자 인어들은 나를 달빛처럼 차갑고 수정처럼 투명한 그들의 고향으로 데려갔다. 그곳에서 그들은 구원받지 못한 채 꿈꾸듯 보물창고에 있는 왕관과 황금 사슬들을 가지고 놀고 있었다. 찬란한 심연 속에서 몇 달은 지난 듯 느껴졌다. 다시 수면 위로 떠올리 차디찬 몸으로 헤엄쳐 강가에 다다랐을 때, 정원 저편에서는 파블로의 피리 소리가 여전히 울리고 있었고 달도 여전히 하늘 높이 떠올라 있었다.

다른 한편에서는 레오가 하얀 푸들 두 마리와 놀고 있는 것이 보였는데 그의 총명한 소년 같은 얼굴은 기쁨으로 빛나고 있었다. 롱구스는 숲속에 앉아 양피지로 된 책 하나를 무릎 위에 펼쳐놓고 그 속에 그리스어와 히브리어 글자들을 써넣고 있었다. 그가 써넣는 단어 하나하나에서 용이 날아올랐고, 형형색색의 뱀들이 모가지를 들고 몸을 치켜세웠다. 그는 나를 보지 못했다. 자신의 세계에 깊이 몰두한 채, 오색찬란한 뱀의 문자를 그리고 있었기 때문이다. 나는 한참 동안 그의 굽은 어깨 너머로 책을 들여다보았다. 문장들 사이에서 뱀과 용들이 흘러나와 꿈틀거리며 소리 없이 밤의 덤불 속으로 사라져갔다.

"롱구스"

나는 나지막하게 불렀다.

"친애하는 친구여!"

그러나 그는 듣지 못했다. 내 세계는 이미 그에게서 멀어져 있었고, 그는 깊이 몰두해 있었다. 그리고 저만치에 달빛이 비치는 나무들 아래에서는 안젤름이 검은 붓꽃 한 송이를 손에 들고 미소를 지으며 보랏빛 꽃받침을 멍하니 들여다보고 있었다.

이미 순례 도중 여러 번 접했지만 정작 깊이 생각해 보지 않았던 한 가지가 브렘가르텐에서 다시금 내 눈에 들어왔다. 그것은 기묘하면서도 어딘가 아릿한 느낌을 주는 것이었다.

우리 일행에는 많은 예술가들이 있었다. 화가와 음악가, 시인들도 있었다. 열정적인 클링조어도, 방랑하는 후고 볼프[43]도, 말수가 적은 라우셔도, 재능이 반짝이는 브렌타노[44]도 있었다. 이 예술가들은 (적어도 그들 중 몇몇은) 아주 매력적이고 사랑스러운 인물들이었으나, 놀랍게도 그들이 창조해낸 인물들은 예외 없이 창조자인 그들 자신보다 훨씬 더 생기 있고, 아름답고, 쾌활했으며 어쩌면 더 참되고 현실적인 듯 보였다.

43   후고 볼프(1860~1903)는 오스트리아의 후기 낭만주의 작곡가이다.
44   클레멘스 브렌타노(1778~1842)는 독일 후기 낭만주의 시인이다.

파블로는 천진난만하게 황홀해하며 삶의 기쁨 속에서 피리를 불며 앉아 있었지만, 그를 창조한 시인은 달빛에 반쯤 젖은 그림자 같은 모습으로 강둑을 따라 외롭게 거닐며 고독을 헤매고 있었다. 호프만[45]은 몹시 취해 비틀거리며 꼬마 도깨비같이 조그만 모습으로 손님들 사이를 이리저리 뛰어다녔다. 그 역시 다른 이들과 마찬가지로 마치 존재의 절반쯤만 이 세상에 걸친 사람처럼 보였다. 형체는 어딘가 희미했고, 완전히 실재한다고 느껴지지 않았다. 반면에 기록관 린트호르스트[46]는 장난으로 용을 흉내내고 있었는데, 숨을 쉴 때마다 불길을 뿜어내며 거대한 힘을 토해내 마치 살아있는 용처럼 보였다.

나는 하인 레오에게 물었다. 왜 예술가들은 때때로 '반쪽짜리 인간'처럼 보이는 반면 그들이 창조한 형상들은 이토록 반박할 수 없을 만큼 생생하게, 살아 있는 것처럼 느껴지냐고 말이다. 레오는 내 질문이 이상하다는 듯 나를 바라보았다. 그러더니 품에 안고 있던 푸들을 내려놓으며 말했다.

"어머니들도 그렇지 않습니까. 아이를 낳아 자신의 젖과

45　E.T.A. 호프만(1776~1822)은 독일 후기 낭만주의를 대표하는 작가로 『호두까기 인형』으로 유명하다.
46　호프만의 동화 『황금 항아리』의 등장인물이다.

아름다움, 힘을 다 내어주고 나면 정작 그들 자신은 눈에 띄지 않게 되지요. 그리고 아무도 더는 그들을 찾지 않게 되지요.”

“그건 참 슬픈 일이로군요”

나는 사실 별 깊은 생각 없이 그렇게 말했다.

레오는 대답했다.

“그렇지만 그게 특별히 더 슬픈 일이라고는 생각하지 않습니다. 아마 슬프기도 하겠지만, 동시에 아름답기도 하지요. 그게 법칙이기 때문입니다.”

“법칙이요?”

나는 호기심 어린 눈빛으로 되물었다.

“그건 바로 섬김의 법칙입니다. 오래 살기를 원하는 자는 섬겨야 합니다. 그러니 지배하려 드는 자는 오래 살지 못하지요.”

“그런데 왜 사람들은 다들 그렇게 지배하려고 애쓰는 걸까요?”

“그 사실을 알지 못하기 때문이지요. 태어날 때부터 남을 다스리도록 타고난 사람들은 극히 드물고, 그런 사람들은 권력을 쥐고 있어도 늘 밝고 건강하게 지낼 수 있습니다. 하지만 억지로 기어오르고 아등바등 노력하여 마침내 ‘윗사람’이

된 이들은 모두 결국은 허무 속에서 끝나고 맙니다.”

“어떤 허무 말인가요?”

“이를테면… 요양소 같은 곳에서 말입니다.”

말뜻을 제대로 이해하지는 못했지만 레오의 이야기는 오래도록 기억에 남았다. 그리고 겉보기에는 하인처럼 보이는 그가 어쩌면 우리보다 더 많은 것을 알고 있는 것이 아닐까 하는 생각이 들었다.

2부

충직한 레오가 왜, 하필이면 모르비오 인페리오레[47]의 위험한 협곡 한가운데에서 갑자기 우리를 떠났을까에 대해서는 이 잊을 수 없는 여행의 참가자라면 누구나 한 번쯤 곰곰이 생각해보았을 것이다. 그 사건의 내막과 더 깊은 이야기들을 어렴풋이나마 짐작하고 이해하기 시작한 것은 훨씬 뒤의 일이었다. 그제야 언뜻 보아서는 사소한 일 같지만 실제로는 뼈저린 사건이었던 레오의 실종은 결코 우연이 아니라, 우리의 여정을 좌절시키려 했던 일련의 박해들 중의 하나였다는 것이 확연히 드러났다.

서늘한 가을 아침, 하인 레오가 사라진 것이 알려지고 그의 행방을 찾는 모든 노력이 허사로 돌아갔을 때 불길함과 닥쳐오는 운명의 징조 같은 것을 마음 깊이 느꼈던 것은 확

47 스위스의 최남단 티치노 주에 위치한 마을이다.

실히 나 혼자만이 아니었다.

어쨌든 그 당시 상황은 이러했다. 우리는 대담한 여정 끝에 유럽의 절반과 중세의 한 부분을 가로질러 온 뒤, 이탈리아 국경에 이르러 깊은 바위 계곡의 거친 협곡에서 야영을 하고 있었다. 그리고 도저히 설명할 수 없는 이유로 사라져버린 하인 레오를 찾고 있었다. 하루 내내 그를 찾아다녀도 허탕을 치자 시간이 흐를수록 모두의 마음속에서 불길한 감정이 점점 더 짙어져 갔다. 단순히 가장 사랑받던 상냥한 하인 한 명이 사고를 당했거나, 달아났거나, 적에게 붙잡혔다는 슬픔을 넘어서 다가올 싸움의 시작, 폭풍 전야의 첫 징후처럼 느껴졌던 것이다.

우리는 온종일 땅거미가 질 때까지 협곡을 샅샅이 뒤졌다. 끈질긴 수색에 점점 지쳐갔고, 결국 허망함과 무력감만이 남았다. 그러는 동안 그 상실의 무게가 점점 더 크게 다가왔다. 그의 고운 얼굴과 미소, 그의 노래 없이는, 우리의 위대한 여정에 대한 그의 열정 없이는 우리의 계획 자체가 가치를 잃어버리는 듯했다. 적어도 나에게는 그러했다. 지금까지 수개

월에 걸쳐 여행하는 동안 갖은 수고와 잡다한 실망을 겪으면서도 단 한 번도 내적인 무력감이나 심각한 회의에 빠진 적은 없었다.

아무리 공적이 많은 장군이라도, 이집트로 날아가는 제비 떼 속의 새 한 마리라도 그 목적이나 사명을, 자신이 하는 행동과 노력의 정당성을 확신하는 데 있어서 이 여행에 참가한 나를 능가할 수는 없을 것이다. 그러나 나는 이때 그 불길한 장소에서, 푸른 황금빛이 도는 시월의 하루 종일을 쉬지도 않고 전령의 외침과 신호에 귀를 기울이고 있었다. 점점 더해 가는 긴장 속에 소식이 도착하기를 기다리다 실망을 반복하고 어쩔 줄 모르는 얼굴들을 마주하던 그때에, 나는 처음으로 마음 깊은 곳에서 비애와 회의 같은 것을 느꼈다. 그리고 그런 감정이 커져갈수록 레오를 되찾으리라는 희망을 점점 잃어갔을 뿐만 아니라, 이제는 모든 것이 불확실하고 의심스럽게 느껴졌다. 우리의 우정, 믿음, 맹세, 동방순례, 그리고 우리 삶 전체가 의미와 가치를 잃어가는 듯했다.

모두가 이런 느낌이었을 것이라는 생각이 나의 착각이라 할지라도 혹은 나 자신의 감정과 내면의 체험들에 대해 착란을 일으켜 실제로는 한참 뒤에 겪은 일을 잘못하여 그날로 되돌려 놓는 착오를 범하고 있을지라도, 레오의 여행 가방에 얽힌 기묘한 일만은 사실 그대로이다! 그것은 개인적인 기분을 넘어서 무언가 아주 특별하고 환상적인 느낌을 모두에게 불어넣으면서도, 사람을 점점 더 불안하게 만드는 그런 사건이었다. 모르비오 협곡에서 레오를 애타게 찾는 동안 우리는 저마다 꼭 필요한, 없어서는 안 될 물건 하나씩을 잃어버렸다는 사실을 깨달았다. 그런데 그것들은 어디에서도 찾을 수가 없었고, 없어진 물건은 어김없이 레오의 짐 속에 있었을 것이라고밖에 설명할 수 없었다. 하지만 레오는 다른 이들과 마찬가지로 그저 평범한 리넨 천으로 된 자루 하나만을 등에 메고 있었을 뿐이다. 우리 일행이 가지고 있던 서른 개 남짓한 짐 가운데 단 하나였던 그 자루 속에⋯ 어떻게 된 일인지, 우리 여정에서 가장 중요한 물건들이 모두 들어 있었던 듯했다!

어떤 물건이 손에서 사라지게 되면 유독 더 소중해 보이고, 당장 손에 쥔 어떠한 것보다도 없어서는 안 될 것처럼 느껴지곤 한다. 실제로 그때 협곡에서 그렇게 절실하게 여겼던 물건들 중 몇몇은 나중에 다시 발견되기도 했고, 어떤 것들은 그리 중요한 것이 아니었다고 밝혀지기도 했다. 하지만 그날 우리는 귀중하고 중요한 물건들을 잃어버렸다는 사실에 불안에 떨며 확인해야 했다.

우리가 잃어버렸다고 생각한 물건들은 나중에 다시 나타난 것이든, 끝내 찾지 못한 것이든 그 중요도에 따라 어떠한 순서를 이루는 듯했다. 시간이 지나면서, 우리가 큰일이라고 여기며 잃어버렸다고 생각했던 것들 가운데 정작 그리 중요한 것이 아니었던 물건들이 하나씩 우리 짐 속에서 다시 발견되었다. 그 가치에 대해 크게 착각했던 것이었다.

여정이 계속되면서 한때 잃어버렸다고 주장하던 모든 도구들, 귀중품들, 지도들과 문서들이 결국은 없어도 무방한 것들이라는 사실을 깨닫게 되었다. 돌아보면 그때 우리는 자신의 상상력을 총동원해 되돌릴 수 없는 끔찍한 손실을 입은 것처럼 스스로를 믿게 만들어 애써 한탄하며 울고불고 했던 것인지도 모른다.

누군가는 여권을, 누군가는 지도를, 또 다른 이는 칼리파에게 보내는 신용장을 잃어버렸다고 했다. 그런데 잃어버린 것으로 여겼던 물건이 분실되지도 않았다거나, 중요하지도 않고, 없어도 괜찮은 물건이라는 사실을 알게 되었을 때, 정말로 없어서는 안 되는 귀중품 하나가 보이지 않았다. 그것은 말 그대로 아주 중요하고, 우리 여정에 없어서는 안 될 문서였다. 그런데 이 문서가, 레오가 사라질 때 함께 없어졌다고 생각했었던 이 문서가 애초에 우리 짐 속에 있었는지조차 사람들 사이에서는 의견이 분분했다.

이 문서가 엄청난 가치를 지니고 있다는 것과 대체 불가능하다는 점에 있어서는 누구나 수긍했지만, 우리가 애초부터 이 문서를 지니고 여행길에 올랐다고 주장하는 사람은 (나도 그중 한 사람이었지만) 몇 명 되지 않았다. 어떤 이는 레오의 자루에 그것과 비슷한 무언가를 넣어 가져오긴 했지만, 그건 결코 원본이 아니라 어디까지나 사본이었을 뿐이라고 주장했다. 다른 이들은 문서든 사본이든, 그런 것을 여행에 가져오리라는 생각조차 한 적이 없다고 말했으며 그런 일을 하는 것은 오히려 우리 여행의 본래 의미를 모독하는 일이라고까지 주장했다.

이 문제는 곧 격렬한 논쟁으로 이어졌다. 그리고 원본의 행방에 관해서도 (우리가 사본을 갖고 왔던 것이든 아니든 상관없이) 상반되는 주장이 난무했다. 어떤 이들은 그 문서가 키프호이저[48]에 있는 본부에 보관되어 있다고 주장했다. 다른 이들은 이미 돌아가신 우리 스승의 유해가 담긴 항아리와 함께 묻혀 있다고 말했다.

그러자 말도 안 되는 소리라며 또 다른 사람이 나섰다. 그 결맹의 문서는 스승에 의해 그만이 아는 원시 상형문자로 작성되었고 스승의 유언에 따라 그의 유해와 함께 불태워졌으며, 그가 죽은 후 아무도 그것을 읽을 수 없게 되었는데 이 문서의 원본에 대해 문제를 제기한다는 것은 아무런 의미가 없다는 것이었다. 다만 확실히 해야 하는 것은, 스승이 살아 있을 때 그의 감독 아래 작성된 네 통의 (어떤 이들은 여섯 통이라고 했다) 번역본이 지금 어디에 있는가 하는 것이라고 주장했다. 중국어, 그리스어, 히브리어, 라틴어 번역본이 남아 있는데, 그것들은 네 군데의 옛 수도에 보관되어 있다고들 했다.

끝없는 주장과 논박이 오가는 가운데 어떤 이는 자신의 입장을 완강하게 고집하는 한편, 다른 사람들은 이쪽 주장을 따르다가 반론을 듣고 곧 다른 쪽으로 금세 돌아서서 다시금

48　키프호이저 산맥은 독일 튀링겐주에 있는 산맥이다. 전설에 따르면 십자군 원정 중 죽은 신성로마제국의 프리드리히 1세 황제가 이곳에 잠들어 있다고 전해진다.

마음을 바꾸곤 했다. 결국 그때부터 우리 공동체 안에서는 확신도, 일치된 의견도 존재하지 않게 되었다. 다만 여전히 우리를 하나로 붙들고 있던 것은 오직 위대한 이상뿐이었다.

그 논쟁은 지금까지 결코 흔들린 적 없었던 우리 공동체 안에서는 전례 없는 일이었다. 논쟁은 적어도 처음에는 존중과 예의를 지키며 이루어졌다. 몸싸움이나 개인적인 비난이나 모욕으로 번지지는 않았다. 그 무렵만 해도 우리는 아직 세상에 대하여 하나로 굳게 뭉친, 떼려야 뗄 수 없는 형제단이었기 때문이다. 내겐 아직도 그 목소리들이 들리는 것 같고 최초의 논쟁이 벌어졌던 그 야영장이 눈에 선하다. 진지한 얼굴들 사이로 여기저기 금빛으로 물든 낙엽이 떨어져서 어떤 사람은 무릎 위에, 어떤 사람은 모자 위에 잎이 하나씩 얹혀져 있던 것이 눈에 선하다.

그 자리에 있던 나는 차츰차츰 마음이 무거워지고 답답해지는 것을 느꼈다. 여러 의견이 오가는 가운데에서도 내 마음속에서는 진정 오래된 결맹의 문서는 레오의 배낭 속에 들어 있었고, 레오도 함께 문서 역시 사라져 버렸다는 믿음이 슬플 만큼 확고해졌다. 이 믿음이 아무리 괴로운 것이었어도 그래도 그것은 믿음이었고 나를 붙들어주는 유일한 확신이었다. 물론 그때 나는 이 믿음을 조금이라도 더 희망적인 어떤 것으로 바꿀 수 있다면 얼마나 좋을까 하고 생각하곤 했다. 그러나 나중에야, 내가 이 슬픈 믿음마저 잃고 온갖 의견에 흔들릴 수밖에 없는 사람이 된 뒤에야 비로소 나는 그 믿음을 가졌던 것이 얼마나 큰 의미였는지를 깨닫게 되었다.

그러나 이런 식으로 계속 이야기를 해 나갈 수는 없다는 것을 알고 있다. 그렇다면 어떤 방식으로 이 이야기를 전할 수 있을까? 유일무이한 영혼의 공동체와 그토록 경이롭게 고양되고 생기 넘쳤던 삶의 이야기를 어떻게 전할 수 있을까? 나는 우리 동료들 가운데 마지막으로 남은 생존자 중 한 사람으로서, 위대한 어정의 기억을 조금이라도 구해내고 싶다. 마치 카를 대제의 팔라딘[49] 가운데 한 사람을 섬기던 늙은 하인이 마지막까지 살아남아 자신의 기억 속에 빛나는 행적과 기적의 연대기를 간직하고 있는 것처럼 말이다. 만일 그가 그것을 말이나 그림, 기록이나 노래로 후대에 남기지 못한다면 그 모든 모습과 기억이 그와 함께 사라져버릴 것 같은 그런 기분이 드는 것이다.

49 팔라딘은 카롤루스 대제(샤를마뉴) 궁정의 가장 뛰어난 전사들을 가리킨다.

그러나 대체 어떻게, 무슨 재주로 우리의 동방순례 이야기를 조금이라도 전할 수 있을까? 나는 알지 못한다. 이미 좋은 뜻으로 시작한 이 시도조차 나를 끝 모를 혼란과 이해할 수 없는 곳으로 이끌어 가고 있다. 처음에는 단순히 내 기억에 남아 있는 순례의 과정과 사건들을 적어보려 했다. 그것보다 단순한 일이 어디 있을까 싶었다. 그런데 제대로 이야기를 시작하지도 않은 지금, 원래는 말하려고 생각지도 않았던 그저 하나의 작은 에피소드, 즉 레오의 실종에 관한 일화에 매달려 멈춰 서 있다. 내가 짜내려던 직조물은 온데간데 없고,

내 손에는 엉키고 설켜 풀어내려면 수백 명이 매달려 몇 년을 보내야 할지 모르는 실뭉치만이 남아있다.

어느 역사가든, 어떤 시대의 사건들을 기록하기 시작하여 '진실'이라는 것을 말하고자 할 때에는 누구든 나와 비슷한 경험을 하게 될 것이라는 생각이 든다. 사건들을 이어주는 중심은 어디에 있는가? 무엇이 그들을 서로 엮어주는가? 인과 관계나 의미 같은 것은 어떻게 생겨나는가? 사건들 사이에 어떤 연관성과 인과적인 의미가 생기려면, 역사가에게는 '하나의 단위'가 필요하다. 그는 그것을 스스로 만들어내야 한다. 하나의 영웅, 하나의 민족, 하나의 사상 같은 것을 설정해야 하고, 실제로는 이름 없는 곳에서 벌어진 일들을 그가 발명한 단위를 중심으로 서술해야만 한다.

실제로 일어났던 믿을 만한 일련의 사건들을 서로 연관시켜 이야기하는 것도 이토록 어렵다면, 내 경우에는 훨씬 더 어렵다. 왜냐하면 있었던 일들을 자세히 들여다보려고 하는 순간 모든 것이 의심스러워지고, 한때 세상에서 가장 굳건하다고 믿었던 우리의 공동체가 그렇게 무너져버렸듯 손안에서 빠져나가 형체를 알 수 없이 흩어져버리기 때문이다. 이야기를 하나로 묶어줄 구심점도, 바퀴가 돌아갈 수 있는 축도 존재하지 않는다.

　동방을 향한 순례와 그 여행의 바탕이 되었던 공동체, 곧 우리 결맹이야말로 내 삶에서 가장 중요한 것이었고 아니, 유일하게 중요한 것이었다. 그 앞에서는 나라는 존재도 하찮게 보일 정도였다. 그런데 가장 소중한 것을 최소한 그 중 한 부분만이라도 기록하여 붙잡아두려고 하자, 모든 것이 산산히 흩어진 채 어떤 '무언가' 속에 비친 이미지 덩어리로 보일 뿐이다. 그 '무언가'란 바로 나 자신의 자아로, 나라는 거울은 내가 어떤 질문을 던지려 해도 늘 텅 비어 있을 뿐이고 마치 유리 표면에 얇게 입혀진 막처럼 투명하게 드러날 뿐이다. 나는 펜을 내려놓는다. 내일이나 다른 때에 다시 이어 나갈 생각으로, 아니 새로 시작하겠다는 희망으로 내려놓는다.

　그러나 우리의 이야기를 말하고자 하는 내 의지 뒤편에는 치명적인 회의가 도사리고 있다. 그 의문은 모르비오의 골짜기에서 레오를 찾던 때에 시작된 것이다.

“네 이야기가 과연 말로 전할 수 있는 것인가?”

“그 이야기는 애초에 정말 경험될 수 있었던 것인가?”

우리는 알고 있다. 사실로 입증된 문서도, 증언도 얼마든지 충분했던 세계 대전의 전사들조차 때로는 이런 회의와 마주해야만 했다.

3부

앞 부분을 쓰고 난 후 나는 계획을 거듭해서 되새겼고, 그 계획에 어떻게 다가갈 수 있을지 애써 보았다. 해결책은 아직 찾지 못했고 여전히 혼돈과 마주한 채 서 있을 뿐이다. 그러나 나는 스스로에게 포기하지 않겠노라고 다짐했고, 바로 그 다짐을 하는 순간 한 줄기 빛처럼 행복했던 기억이 내 머릿속을 스쳐 지나갔다.

그러고 보니 순례길에 올랐었던 당시에도 지금 내가 느끼는 이 막막함과 아주 비슷한 감정을 느낀 적이 있었다. 그때에도 우리는 무엇인가 불가능하게만 보이는 것을 시도했었다. 어둠 속에서 확신도 방향도 없이 걸음을 옮기고 있었으며, 성공의 가능성이라고는 조금도 없었다. 그렇지만 마음속에서는 그 어떤 현실이나 개연성보다도 더 강하게 우리가 하는 일의 의미와 필연성에 대한 신념이 빛나고 있었다. 그때

의 감정이 전율처럼 내 마음을 스쳐 지나갔고 그 짧고도 황홀한 떨림 속에서 모든 것이 가능할 것만 같았다.

어떻게 되든 상관없다. 나는 내 의지를 관철시키기로 결심했다. 말할 수 없는 이야기를 열 번이고, 백 번이고 처음부터 다시 써야 하고 매번 같은 심연 앞에서 멈추게 되더라도, 나는 백 번이라도 새로이 다시 시작할 것이다. 비록 그 모든 장면들을 하나의 의미 있는 전체로 다듬어 내지는 못하더라도, 장면의 작은 파편 하나하나라도 가능한 한 충실히 붙잡아두려 한다. 그리고 할 수 있는 한, 나는 우리의 위대한 시대가

세웠던 첫 번째 원칙을 잊지 않을 것이다.

계산하지 않을 것. 이성의 논변에 주눅 들지 않을 것. 현실이라 불리는 것보다 더 강한 힘은 바로 내면의 믿음에서 우러나는 확신이라는 것.

그렇지만 솔직히 고백하자면, 그동안 나는 내 목표에 조금이라도 실질적이고 합리적인 방식으로 다가가 보려는 시도를 하나 해보긴 했다. 이곳 도시에 살며 신문을 편집하는 옛 학창 시절 친구 루카스를 찾아갔었다. 그는 세계 대전에 참전했었는데 그 경험을 토대로 책을 한 권 집필하여 독자들에게 많은 관심을 받고 있었다. 루카스는 나를 따뜻하게 맞아주었다. 어릴 적 동창을 다시 보게 된 일을 분명 기뻐하는 듯했다. 나는 그 친구와 두 번이나 꽤 오랜 대화를 나누었다.

나는 내가 당면한 문제가 무엇인지 이해시키려 애썼다. 말을 이리저리 돌리거나 하지 않고 솔직하게 털어놓았다. 그도 들어서 알고 있겠지만, 내가 소위 말하는 '동방순례'나 결맹의 행진, 혹은 항간에서 무어라 부르든 간에 아무튼 저 원대한 기획에 참가한 한 사람이라고 말했다. 그는 아, 그런가 하고 다정하게 아이러니 섞인 미소를 띠면서 자신도 그 일을 기억하고 있다고 말했다. 아마도 약간 불경스럽기는 하겠지만, 그의 친구들 사이에서는 그 독특한 이야기를 대개 '어린이 십자군'이라고 부른다고 말이다. 그의 주변 사람들은 이 운동을 그리 진지하게 받아들이지 않았고, 신지학(神智學)[50] 적인 운동이나 사해동포주의를 내세운 운동쯤으로 여겼다는 것이다.

그렇지만 우리가 거둔 몇몇 성과들에 대해서는 꽤 놀랐다고 했다. 특히 목숨을 걸고 슈바벤을 통과한 일이나, 브렘가르텐에서 승리를 거둔 일, 티치노 지방의 몬타크 마을을 인도받은 일이 감명 깊었다고 했다.[51] 때로는 이 운동이 공화주의적 정치에 이용되지는 않을까 하는 생각을 하기도 했다는 것이다. 그러나 결국 이 운동은 흐지부지 끝난 것처럼 보였고, 지도자들 중 몇몇은 떠났으며 심지어 어떤 이들은 마치 그 일을 부끄러워하기라도 하듯 더 이상 기억하려 하지 않았다고 했다. 이후 전해지는 소식은 점점 줄어들고, 서로

50 신지학은 모든 종교, 철학, 과학, 예술의 근저에 하나의 보편적인 진리가 존재한다고 믿는 신비주의적 사상 체계이다.

51 몬타그 마을은 스위스 몬타뇰라를 의미한다. 한스 C. 보드머가 몬타뇰라에 있는 집을 헤세에게 선물한 것을 암시한다.

어딘가 모순되는 기묘한 이야기들만 조금씩 흘러나올 뿐이었으니 결국 이 모든 것은 전후(戰後) 혼란기에 나타났다 사라진 수많은 종교적·정치적·예술적 운동 중 하나로 잊혀져 버린 것이다. 그 시절에는 수많은 예언자들이 나오고, 메시아적 희망과 주장을 내세우던 비밀 결사들도 많이 생겨났다가 흔적도 없이 사라져버리지 않았느냐고 루카스는 물었다.

그렇다. 그의 관점은 명확했다. 호의적인 회의. 친절하지만 믿지는 않는 태도였다. 아마도 동방순례에 관한 이야기는 들어보았지만, 직접 체험해 보지 않은 사람이라면 누구나 루카스처럼 생각했을 것이다. 나는 루카스를 설득하려는 건 아니었지만 다만 몇 가지는 바로잡아 줄 필요가 있다고 생각했다. 그래서 몇 가지 설명을 덧붙였다. 예컨대 우리 단체는 결코 전후 시기에 갑자기 생겨난 운동이 아니라 때로는 지하 깊숙이 숨어 있었을지라도, 한 번도 결코 끊어진 적 없이 이어져왔다는 것을 말이다. 심지어 세계 대전의 어떤 국면들조차도 사실은 우리 결맹의 역사 속 한 단계였다는 점을 설명했다. 그리고 차라투스트라, 노자, 플라톤, 크세노폰, 피타고

라스, 알베르투스 마그누스, 돈키호테, 트리스트럼 샌디[52],
노발리스, 보들레르[53]가 우리 결맹의 공동 창립자들이자 동
료들이었다는 것도 알려주었다. 그러자 루카스는 내가 예상
한 그대로 미소를 지어 보였다.

"좋아." 하고 나는 말했다.

"난 네게 뭘 가르치러 온 게 아니야. 배우러 온 거지. 내가
바라는 건 '순례단의 역사'를 쓰는 게 아니야. 그건 실력을
갖춘 학자들 수백 명이 달라붙어도 못할 테니까. 내가 바라
는 건 그냥, 아주 솔직하고 단순하게, 우리가 함께한 여행 이
야기를 말하는 것 뿐이야. 그런데 난 그 일에 조금도 다가가
지 못하고 있어. 문학적인 재능의 문제는 아닌 것 같아. 그런
재능이라면 나도 가지고 있다고 생각하고, 그걸로 잘난 체
할 생각도 없지. 문제는 이거야. 나랑 동료들이 한때 실제로
겪었던 그 '현실'이 이제는 존재하지 않는다는 거야. 그 기억
들은 내가 가진 것 중에 가장 소중하고, 가장 살아 있는 것들
이지만 정작 그 기억들 자체가 너무 멀게만 느껴져. 마치 다른

52 현대 소설의 대부 로렌스 스턴(1713~1768)의 소설 『트리스트럼 샌디』
의 주인공이다.
53 샤를 보들레르(1821~1867)는 프랑스의 시인이자 비평가이다.

세상에서, 다른 세기에 일어났던 일처럼 느껴져. 아니면 열병에 시달리다 꾼 꿈 같기도 하고."

"그런 기분이라면 나도 알지!"

루카스가 갑자기 활기를 띠며 외쳤다. 이제야 비로소 대화에 흥미가 생긴 듯했다.

"아, 그걸 내가 얼마나 잘 아는데! 나도 전쟁에서 똑같은 일을 겪었거든. 난 분명 전쟁을 속속들이 뼈저리게 겪었다고 생각했어. 내 머릿속에는 터질 듯이 수많은 장면들이 꽉 차 있었고, 머릿속 필름이 천 킬로미터쯤은 될 만큼 가득 감겨 있었어. 그런데 막상 책상에 앉아, 의자에 앉아 지붕 아래에서 펜을 손에 쥐기만 하면 폭파되어 쓸려나간 마을과 숲들, 포격 속에서 땅이 지진처럼 흔들리던 감각, 추악함과 숭고함이 뒤섞여 있던 그 모든 전쟁의 장면들, 공포와 용맹, 찢긴 배와 머리들, 죽음의 공포와 처절한 농담들… 이 모든 게 말도 안 되게 아득하고, 그저 꿈같이 흐려지더라고. 그래도 나는 결국 전쟁에 관한 책을 썼고 지금은 여기저기서 꽤 널리 읽히고 있지. 하지만 말이야."

루카스가 계속해서 말했다.

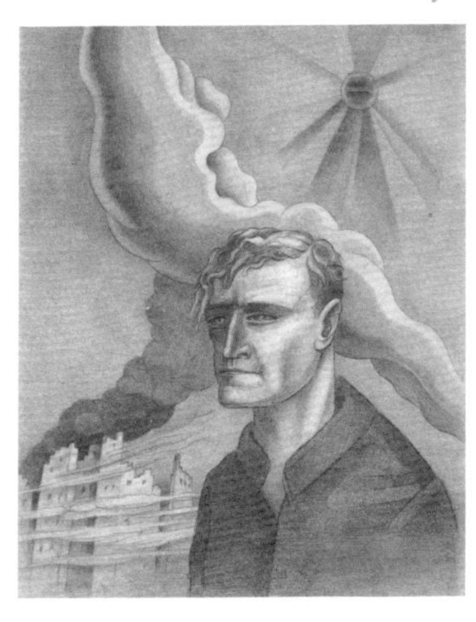

"난 믿지 않아. 내 책보다 열 배는 더 잘 쓰고, 열 배는 더 강렬한 책이 열 권쯤 나온다 해도, 전쟁을 직접 겪지 않은 독자에게 전쟁이 이떤 건지 제대로 보여줄 수 있다고는 생각하지 않아. 전쟁을 겪어본 사람이 사실 그렇게 많지 않거든. 그리고 '참전했다'고 하더라도, 그게 곧 전쟁을 '경험했다'는 뜻도 아니고. 설령 많은 사람들이 정말로 전쟁을 경험했다 하더라도… 사람들은 결국 그걸 잊어버리게 돼. 아마 인간은 새로운 경험을 갈망하는 만큼, 망각을 갈망하는 존재인지도 몰라."

그는 말을 멈추고, 어딘가 멍하니 잠겨 있는 듯한 표정으로 앉아 있었다. 그의 말은 내 자신의 체험과 생각을 되새기게 했다. 한동안 침묵을 지키다 나는 조심스럽게 물었다.

"그럼에도도 불구하고, 넌 어떻게 책을 쓸 수 있었던 거야?"

루카스는 잠시 생각에 잠겼다가, 다시 정신을 가다듬고 말했다.

"그 책을 쓸 수 있었던 이유는… 단 하나였어. 그게 필요했기 때문이야. 나는 그 책을 쓰든가, 아니면 절망 속으로 떨어지든가 해야 했지. 책을 쓰는 일만이 내가 '무(無)'와 혼돈, 그리고 결국엔 자살로 기울어가는 걸 막아주는 유일한 길이었어. 그런 절박함 속에서 쓴거야. 그저 '쓰여졌다'는 사실 하나만으로 잘 썼든 못 썼든 상관없이 그 책은 나에게 기대했던 구원을 가져다줬지. 그리고 또 하나. 글을 쓰는 동안 난 단 한순간도 다른 독자들을 생각해선 안 됐어. 생각하더라도, 아주 가끔 나와 가까웠던 전우들을 떠올리곤 했지. 그런데 그 전우들은 언제나 살아남은 사람들이 아니라, 전쟁에서 죽어간 사람들이었어. 글을 쓰는 동안 난 마치 열병을 앓는 사람처럼, 아니면 미쳐버린 사람처럼 지냈지. 팔다리가 잘려 나간 전우들에게 둘러싸인 채 말이야. 그렇게 해서 그 책이 나온 거야."

그러고 나서 갑자기 그가 다시 말했다. 이것이 첫 번째 대화의 마지막이었다.

"미안하지만, 더는 말 못 하겠다. 아니, 한 마디도, 정말 단 한 마디도 못 하겠어. 못 하겠고, 안 할 거야. 그럼 이만."

그는 나를 밀어내듯 문 밖으로 내보냈다.

두 번째로 만났을 때 루카스는 다시금 차분하고 냉정해져 있었다. 예전처럼 가벼운 냉소가 섞인 미소를 지으면서도 내 사정을 신시하게 받아들이고 제법 이해하는 것 같았다. 그는 몇 가지 짤막한 충고를 해줬는데, 그게 나에게 조금은 도움이 되기도 했다. 그리고 두 번째이자 마지막이 된 대화가 끝나갈 무렵 그는 무심한 듯 이렇게 말했다.

"있지, 자꾸 그 하인 레오 이야기만 반복해서 꺼내는데. 난 그게 마음에 안 들어. 거기에 네 발목을 잡는 암초가 놓여 있는 것 같아. 그냥 털어버려. 레오 같은 건 던져버리라구. 레오가 고정관념이 되어버리려고 하는 것 같단 말이지."

나는 '고정관념 없이는 책이라는 걸 쓸 수가 없는 법이야' 라며 반박하고 싶었지만, 루카스는 내 말을 들으려 하지 않았다. 대신 전혀 예상 못 한 질문으로 나를 놀라게 했다.

"근데, 그 사람 이름이 진짜 레오였어?"

식은땀이 이마에 맺혔다.

"그럼, 당연히 레오였지. 레오라고 불렀어."

"그게 이름이었어?"

나는 주춤했다.

"아니, 이름은… 이름은 기억이 안 나. 잊어버렸어. 레오는 성이었고, 우리 모두 그냥 그렇게만 불렀지."

내가 아직 말을 하고 있는 동안에 루카스는 책상 위에 있는 두툼한 책을 한 권 집어들고는 책장을 넘겼다. 그는 눈 깜짝할 사이에 무언가를 찾아내더니 펼친 페이지의 한곳을 손가락으로 짚어보였다. 그것은 주소록이었고, 그의 손가락이 짚고 있는 곳에는 레오라는 이름이 있었다.

'안드레아스 레오. 자일러그라벤 69a.'

"봐봐."

루카스가 웃으며 말했다.

"여기에도 벌써 레오라는 이름이 하나 있네. 안드레아스 레오, 자일러그라벤 가(街) 69번지의 a호야. 이런 성은 드문 편이니까, 어쩌면 이 사람이 레오에 대해서 무언가 알고 있을지도 모르지. 이 사람한테 가보면 아마 네가 필요로 하는 이야기를 해줄 수 있을거야. 난 더 이상 말해줄 수가 없어. 시간이 없어서 이만 실례해야 할 것 같아. 만나서 아주 반가웠어."

문을 닫는 순간, 나는 놀람과 흥분으로 몸을 비틀거릴 정도였다. 루카스의 말이 맞았다. 더 이상 그에게서 얻을 건 없었다. 바로 그날로 나는 자일러그라벤으로 갔다. 69a번지 집을 찾아 안드레아스 레오라는 사람에 대해 물어보았다. 그는 3층 방 하나를 쓰고 있었고, 저녁이나 일요일에는 집에 있기도 하지만 낮에는 일을 하러 나간다고 했다. 직업이 뭐냐고 물으니, 뭐든 한다는 대답이 돌아왔다. 손톱, 발톱을 손보고, 발 관리도 해주고, 마사지도 할 줄 알고, 약효가 있는 연고나 약초 치료도 한다고 했다. 일거리가 별로 없을 때는 가끔 개들을 훈련시키거나 털을 깎아주기도 한다고 했다. 나는 집을

나서면서 차라리 이 사람을 찾아가지 않는 게 낫겠다고, 혹은 찾아가더라도 내 의도에 관해서는 말하지 않는 편이 낫겠다고 결심했다. 그래도 그를 보고 싶은 마음은 여전히 남아 있었다. 그래서 며칠 동안 괜히 산책을 핑계로 그 집을 여러 번 지켜보았고, 오늘도 다시 가볼 생각이다. 왜냐하면 아직까지도 안드레아스 레오를 직접 본 적이 없기 때문이다.

아, 이 모든 일이 나를 절망으로까지 몰아가면서도 동시에 행복하게 하고, 흥분케 했다가 긴장하게 하고, 내 자신과 내 삶을 다시금 소중하게 느끼게 해준다. 그 소중함이 한동안 참 많이 부족했었다.

아마 모든 인간의 행위는 결국 이기적인 충동에서 비롯된다고 보는 실용주의자나 심리학자들이 옳을지도 모른다. 하지만 평생을 바쳐 대의에 헌신하고, 즐거움과 안락을 뒤로 미루며 자신을 희생하는 사람이 노예를 사고 무기를 팔아 그 수익으로 호화롭게 살아가는 인간과 본질적으로 같다는 것은 선뜻 받아들이기 어렵다. 그래도 그러한 심리학자와 논쟁을 벌인다면 나는 곧바로 말려들어 그들의 논리에 굴복할 것이 뻔하다. 심리학자란 언제나 논리 싸움에서 우위를 점하는 사람들이 아니던가.

어떻든 간에 그들의 말이 옳다고 해두자. 그렇다면 내가 선하고 아름답다고 생각하여 희생을 바치는 것도 모두 나 자신의 이기적인 소망에서 비롯되었다는 이야기가 된다. 사실 날이 갈수록 동방순례의 역사를 쓰겠다는 이 계획 역시 이기적이라는 생각이 든다. 처음에는 고귀한 대의를 위해 고된 일을 떠맡는 것이라고 생각했다. 그러나 점점 깨닫게 되는 것은, 내 여행기를 쓰려는 목적이 결국 루카스가 그의 전쟁 책을 쓴 목적과 다르지 않다는 사실이다. 내 삶을 다시 구해내기 위해, 내 삶에 다시 의미를 부여하기 위해 이 글을 쓰고 있는 것이다.

'길이 보이기라도 한다면! 단 한 걸음이라도 앞으로 나아갈 수만 있다면!'

"레오 같은 건 던져버리라구. 레오로부터 빠져 나와!"

루카스는 내게 그렇게 말했었다. 하지만 그것은 내 머리나 위장을 바다에 던져버리고 거기서 해방되라는 말만큼이나 터무니 없는 이야기였다.

오, 신이시여. 나를 도와주소서!

4부

이제 모든 것이 다시 달라 보인다. 이로써 내 일이 실제로 진전된 것인지 아닌지 아직은 알 수 없다. 다만 나는 어떤 한 일을 겪었다. 내가 결코 기대하지 않았던 무엇인가가 내게 일어난 것이다. 아니, 그렇지 않다. 나는 그것을 어쨌든 기대하고 있었던 것이 아닐까? 예감하고, 바라면서도 두려워하고 있었던 것이 아닐까? 그렇다, 그랬다. 그럼에도 그것은 여전히 놀랍고도 믿기 어려운 사건이었다. 나는 여러 번, 스무 번이 넘도록 자일러그라벤 거리를 서성이며 69a번지 집 앞을 어슬렁거렸다.

매번 마음속으로 다짐했다. '이번이 마지막이다. 이번에도 허탕을 치면 다시는 오지 않겠다.' 그러나 그 다짐은 번번이 무너졌고, 나는 다시 그곳을 찾았다. 그러던 그제 저녁, 마침내 소원이 이루어졌다.

　낡은 회녹색 외벽의 금이 간 곳이나 작은 균열까지 눈에 익을 무렵, 위층 창문 쪽에서 누군가 흥얼거리듯 휘파람을 부는 소리가 들려왔다. 작은 노래 한 자락, 혹은 짧은 춤곡 같은 멜로디였다. 처음에는 알아차리지 못했지만 그 소리를 듣는 순간 오래도록 잠들어 있던 기억이 깨어나는 듯했다. 평범한 선율이었지만 그 휘파람 소리는 기묘할 만큼 달콤하고, 가볍고, 우아하게 숨결을 타고 흘러나왔다. 마치 새소리처럼 맑고 자연스러워서 듣는 이의 마음을 사로잡았다.

　나는 길가에 멈춰 서서 귀를 기울였다. 무심결에 나는 그 소리에 매혹되었고, 동시에 마음속으로 이상하게 사무쳐오는 것이 있었다. 이런 식으로 휘파람을 불 줄 아는 사람이라면, 그는 아주 행복하고 사랑스러운 사람임에 틀림없으리라는 생각을 했던 것 같기도 하다. 한참 동안 나는 넋을 잃고 조용히 그 골목길에 서서 귀를 기울이고 있었다.

　그때 볼이 움푹 들어가 병색 짙은 얼굴을 한 노인이 지나가다가 내가 서 있는 것을 보고는 잠시 동안 나처럼 귀를 기울였다. 그러고 나서는 알겠다는 듯이 미소를 지으며 지나갔다. 먼 곳을 응시하고 있는 듯한 아름다운 노인의 눈빛은 이렇게 말하는 듯했다. '그대로 서 있게나 젊은이. 이런 휘파람은 매일 들을 수 있는 게 아니라네.' 그 노인의 눈빛은 내 마음을 환히 밝혀주었고, 그가 멀어져 가는 것이 아쉬울 정도였다. 바로 그 순간 이 휘파람 소리야말로 내가 그렇게도 바라던 것임을, 휘파람을 불고 있는 사람이 바로 레오임에 틀림없다는 것을 깨달았다.

이미 해가 기울어 어둑해졌지만 창문에는 불이 들어오지 않았다. 천진한 변주를 이어가던 멜로디가 마침내 끝나고, 주위는 고요해졌다. '이제 곧 불을 켜겠지.' 하고 생각했으나, 여전히 아무 창문에도 불이 들어오지 않았다. 그때 위층에서 문이 여닫히는 소리가 들렸고, 곧 계단을 내려오는 발자국 소리가 들렸다. 대문이 부드럽게 열리더니 누군가가 밖으로 나왔다. 그의 걸음걸이는 조금 전의 휘파람 소리와 비슷했는데, 가볍고 쾌활하면서도 건강하며 발랄했다. 그 순간 나는 느낌으로 알아볼 수 있었다. 그는 주소록 속의 레오가 아니라 진짜 레오였다. 우리의 벗이었던, 여행길에서 함께했던 하인이자 동료였던 레오. 십여 년 전, 아니 어쩌면 그보다도 훨씬 더 오래전에 자취를 감추어 우리를 깊은 상실감과 혼란에 빠뜨렸던 바로 그 사람이었다.

나는 너무나 기쁘고 놀라서 하마터면 바로 그를 부를 뻔했다. 그리고 그제서야 나는 그의 휘파람 소리를 동방순례를 하던 당시에도 여러 번 들었다는 사실을 기억해 냈다. 분명 같은 음색이었지만 어찌 이리도 다르게 들리는 것일까! 한 줄기 통증이 칼날처럼 가슴을 스쳐 지나갔다. 아, 그때 이후로 모든 것이 얼마나 달라져 버렸던가. 하늘도, 공기도, 계절도, 꿈도, 잠도, 낮과 밤도. 그렇게 아득히 사라져버린 옛 시절의 작은 기억 하나, 휘파람 소리, 익숙한 걸음소리 하나가 내 마음 깊은 곳을 이렇게까지 뒤흔들어 놓을 수 있다니. 이렇게 선득하고 따뜻하게 나를 아프게 하고, 또 기쁘게 하다니.

그 남자는 가벼운 체구였지만 힘 있는 걸음으로, 내 곁을 스쳐 지나갔다. 풀어헤친 푸른 셔츠 위로 목이 드러나 있었다. 아름답고 즐거운 모습으로 그는 저녁의 골목길을 사뿐히 걸어 내려갔다. 가벼운 샌들이나 운동화를 신었는지 발소리도 거의 들리지 않았다. 별다른 생각도 없이 나는 그의 뒤를 따라갔다. 그는 골목길을 걸어 내려갔다. 걸음걸이는 젊고 가벼웠지만, 동시에 저녁 무렵의 고요한 울림을 담고 있었다. 희미해지는 도시의 소리, 막 불이 켜지기 시작한 가로등의 불빛, 어스름한 황혼의 시간과 조화를 이루는 걸음걸이였다.

그는 바울 성당 문 옆에 있는 작은 정원으로 들어가더니, 크고 둥근 관목들 사이로 사라져 버렸다. 나는 그를 놓치지 않으려고 발걸음을 재촉했다. 이윽고 그는 다시 나타났다. 그는 라일락과 아카시아 나무 아래로 천천히 걸어가고 있었다.

오솔길은 작은 숲 사이를 두어 번 굽이쳐 지나갔다. 잔디밭 가장자리에는 벤치 몇 개가 놓여 있었다. 나무들 아래는 벌써 꽤 어두웠다. 레오는 한 쌍의 연인이 앉아 있는 첫번째 벤치를 지나, 비어 있는 그 다음 벤치에 가서 앉았다. 등을 벤치에 기댄 채 머리를 뒤로 젖히고는 한참 동안 나뭇잎과 구름을 쳐다보고 있었다. 그러고 나서는 재킷 주머니에서 하얀 금속으로 만든 작고 둥근 상자를 벤치 위에 꺼내놓았다. 그는 뚜껑을 돌려 상자를 열고는 천천히 손가락을 움직여 그 상자에서 무언가를 꺼내 입에 넣고는 음미하며 먹기 시작했

다. 그러는 동안 나는 숲길 입구를 왔다갔다했다. 그러다 그
가 앉아 있는 벤치로 다가가 반대쪽 끝에 자리를 잡았다. 그
는 고개를 들어 밝은 회색 눈으로 나를 한 번 바라보더니, 아
무렇지 않게 먹던 것을 계속 먹었다. 그것은 말린 과일이었
다. 말린 자두 몇 개와 반쯤 잘라 말린 살구였다. 그는 두 손
가락으로 하나씩 집어 들고, 살짝 눌러보고 만져본 뒤 입에
넣고는 오래도록 천천히 음미하고 있었다. 마지막 과일을 집

어서 다 씹어 삼킬 때까지는 한참이 걸렸다. 그러더니 이제 둥근 상자 뚜껑을 다시 닫아 주머니에 넣고는 몸을 뒤로 기대면서 다리를 앞으로 길게 뻗었다. 그제야 나는 그의 천으로 된 신발 밑창이 밧줄을 엮어 만든 것이란 걸 알아차렸다.

"오늘 밤엔 비가 올 겁니다."

그가 갑자기 입을 열었다. 나는 그가 나에게 말한 것인지 혼잣말을 한 것인지 알 수가 없었다.

"그럴 것 같군요."

나는 약간 머뭇거리며 말했다. 그가 내 모습을 보고도 나를 알아보지 못했다 해도 목소리로는 분명 나를 알아볼 것이라고, 아니 거의 확신하듯 기대하고 있었다. 하지만 아니었다. 그는 나를 전혀 알아보지 못했고, 목소리로도 알아차리지 못했다. 처음에는 그게 내가 바라던 일이었지만 막상 그렇게 되자 마음 깊은 곳에서 깊은 실망감이 몰려왔다. 그는 십 년이 지나도록 거의 변하지 않은 것 같았다. 그러나 참으로 슬프게도 나는 전혀 다른 모습이 되어 있었다.

"당신, 정말 멋지게 휘파람을 불더군요."

내가 말을 꺼냈다.

"아까 자일러그라벤 쪽에서 들었습니다. 아주 마음에 들더군요. 실은 나도 예전에는 음악가였습니다"

"음악을 하셨습니까?"

그가 다정하게 물었다.

"참 좋은 직업이지요. 지금은 그만두신 겁니까?"

"네, 당분간은요. 바이올린도 팔아버렸습니다."

"정말요? 그거 참 안타깝네요. 혹시 지금 형편이 좀 어려우신가요? 그러니까… 배가 고프시다든가 하는 건 아니신지요? 저는 집에 먹을 것도 조금 있고, 지갑에 약간의 돈도 있으니까요."

"아, 아닙니다, 그런 뜻은 전혀 아니었어요."

나는 급히 손사래를 쳤다.

"저는 지금 충분히 넉넉합니다. 필요한 것 이상으로요. 그래도 고맙습니다. 초대해 주시려는 마음이 정말 친절하시네요. 그런 친절은 흔치 않은 법이지요."

"그렇습니까? 글쎄요, 그럴지도 모르지요. 사람들은 서로 다르고, 어떤 사람들은 정말 이상하기까지 하니까요. 당신도 좀 특별하시군요”

“제가요? 어째서 그렇지요?”

“아니, 돈이 충분히 있으시다면서 굳이 바이올린을 파셨잖습니까. 음악이 더 이상 즐겁지 않으셨던 겁니까?”

“아뇨, 좋아합니다. 다만 사람이란 게… 예전에 사랑하던 것을 어느 순간 잃어버릴 때도 있잖아요. 음악가가 악기를 팔아버리거나 벽에 던져버릴 수도 있고, 화가가 어느 날 자기 그림을 죄다 불태워 버리는 일도 있지요. 혹시 그런 이야기를 들어본 적은 없으십니까?”

“그럴 수 있지요. 그건 절망 때문일 겁니다. 저도 그런 사람을 둘이나 봤는데, 결국 스스로 목숨을 끊었죠. 세상엔 딱하고 안타까운 사람들도 있는 법이에요. 아무리 해도 도와줄 수 없는 사람들도 있지요. 그런데, 지금은 무엇을 하고 지내십니까? 바이올린도 없으신데.”

“그야 뭐, 이런 일 저런 일 하면서 지내지요. 사실 전 원래 하는 일도 없답니다. 이제 더 이상 젊지도 않고, 게다가 몸이 좋지 않아 자주 아프기도 하고요. 그런데 왜 계속 그 바이올린 이야기를 하시는 겁니까? 그리 중요한 것은 아니지 않습니까?”

“바이올린이라… 그 말을 듣고 문득 다윗 왕이 떠올랐거든
요.”[54]

“네? 다윗 왕이요? 그가 바이올린과 무슨 상관이 있단 말
입니까?”

“그분도 음악가였지 않습니까. 아주 젊었을 때는 사울 왕
을 위해 연주하며, 그의 울적한 마음을 달래 주기도 했지요.
그런데 시간이 지나 스스로 왕위에 올랐을 때는 많은 전쟁을
치르며 온갖 일을 겪었고, 근심과 번민으로 가득 찬 왕이 되
었지요. 때로는 정말 못된 짓도 저질렀지만, 그 덕에 아주 유
명해졌지요. 하지만 그의 일생 가운데 가장 아름다운 모습은
제가 보기에는 젊은 시절, 가엾은 사울을 위해 하프를 연주
하던 다윗의 모습이었습니다. 저는 그때가 훨씬 더 행복하고
아름다웠다고 생각합니다. 차라리 계속 악사로 남았더라면
좋았을 텐데 말이에요.”

“그렇겠지요.”

나는 다소 격양된 목소리로 말했다.

“물론 그때는 젊고 아름답고 행복했을 겁니다. 그러나 인

54　이스라엘 왕국의 제2대 국왕(기원전 1010~기원전 970)으로 이스라엘
왕국 역사상 최고의 성군이자, 신앙심이 매우 깊은 인물로 평가받는다.

간은 영원히 젊을 수는 없습니다. 다윗이 음악가로 남았다 해도 그 역시 세월이 감에 따라 나이를 먹고 아름다움도 잃고 근심 걱정도 더 많아졌을 것입니다. 하지만 대신 그는 위대한 다윗이 되었지 않습니까. 여러 가지 업적을 남겼고, 시편도 지었습니다. 어쨌든 인생은 그저 하나의 유희일 수만은 없으니까요!"

그때 레오가 자리에서 일어나 인사를 했다.

"이제 밤이 되었군요. 곧 비가 올 겁니다. 다윗이 어떤 업적을 이루었는지, 그 업적이 정말로 위대했는지는 잘 기억나지 않는군요. 시편에 대해서도 솔직히 말해 그리 잘 기억하고 있지 못합니다. 그렇다고 그것들에 대해 나쁘게 말할 생각은 없습니다. 다만 '인생은 유희가 아니다'라는 말, 적어도 나에게 그것을 증명해줄 사람은 다윗이 아니에요. 인생이 아름답고 행복하다면, 그 인생이야말로 하나의 유희와 같은 것이지요! 물론 인생을 온갖 다른 것들로 채울 수도 있겠지요. 의무나 전쟁, 혹은 감옥 같은 것으로 말입니다. 그러나 그런다고 해서 인생이 더 아름다워지지는 않을 겁니다. 안녕히 계십시오. 만나서 반가웠습니다."

그는 특유의 가볍고도 정중한 걸음걸이로 멀어져 갔다. 그

따뜻하고 기묘한 사람이 이제 막 사라지려는 순간, 나는 더 이상 스스로를 다스릴 수가 없었다. 나는 절망에 가까운 마음으로 달려가 그를 불렀다.

"레오! 레오! 선생은 틀림없이 레오십니다. 저를 정말 기억하지 못하십니까? 우리는 한때 같은 동방순례단의 형제들이었고, 지금도 그래야 하지 않겠습니까! 왕관의 수호자들, 클링조어와 골드문트, 브렘가르텐의 축제, 모르비오 인페리오레의 협곡… 정말 아무것도 기억나지 않으십니까, 레오?"

그는 내가 두려워했던 것처럼 달아나지도 않았지만, 그렇다고 되돌아오지도 않았다. 마치 아무것도 듣지 못한 듯 천천히 걸음을 이어갔으나, 내가 따라잡을 수 있도록 속도를 늦추었고, 내가 함께 걷는 것을 개의치 않는 듯 보였다.

"당신은 너무 근심이 많고 또 서두르십니다."

그가 나를 달래듯 말했다.

"그렇게 하시면 좋지 않습니다. 얼굴이 일그러지고 병도 나게 됩니다. 우리 아주 천천히 걸읍시다. 그러면 마음이 편안해질 겁니다. 이 빗방울들, 정말 기분 좋지 않습니까? 향수처럼 하늘에서 내려오고 있군요."

"레오, 제발요."

나는 애원했다.

"미안하지만… 제발 딱 한마디만 해줘요. 정말 나를 기억하지 못하시나요?"

"이제 곧 괜찮아질 겁니다. 그저 흥분한 것뿐이에요."

그가 나를 진정시키듯 말했다. 아직도 그는 병자나 술 취한 사람을 상대하듯 부드럽게 말하고 있었다.

"당신이 묻고 싶은 건 이거지요, 내가 당신을 아느냐고? 하지만 사람이란 누구라도 다른 사람을, 아니 자기 자신조차 제대로 알 수 있나요? 그리고 저는 애초에 사람을 잘 아는 편이 아니에요. 별로 관심도 없고요. 개라면 잘 알아요. 새도 그렇고, 고양이도 그래요. 하지만 당신은… 정말 모르겠군요."

"하지만 당신은 분명 순례단에 속해 계시지 않습니까? 동방순례에도 함께 하셨던 분 아닙니까?"

"저는 늘 여행 중이지요. 그리고 언제나 결맹에 속해 있습니다. 거기에는 수많은 사람들이 오고 갑니다. 그러니 사람들은 서로 알면서도 서로 잘 알지 못하지요. 하지만 개들이라면 훨씬 간단하지요. 자, 잠시만 가만히 서 계세요."

그는 경고하듯 손가락을 들어 올렸다. 우리는 밤의 정원길 위에 서 있었다. 촉촉하게 내리는 안개가 짙어져 가고 있었다. 레오는 입술을 오므려 길게 울리는 듯한 낮은 휘파람을 불었다. 나는 깜짝 놀라 몸을 움츠렸다. 우리가 서 있는 울타리 너머, 어둑한 덤불 사이에서 커다란 셰퍼드 한 마리가 튀어나오더니 기쁜 듯 훌쩍이며 울타리 가까이 몸을 바짝 붙였다. 레오가 손가락으로 쓰다듬어 주기를 바라면서 기쁜 듯이 쿵쿵대며 몸을 울타리에다 마구 밀어댔다. 눈은 밝은 녹색으로 반짝였다. 그 눈길이 내게 미칠 때마다 셰퍼드는 목구멍 깊숙이에서, 마치 멀리서 울리는 천둥소리처럼 낮게 으르렁거렸다.

"이 녀석은 네커입니다."
레오가 소개하듯 말했다.
"우리는 아주 좋은 친구죠. 네커, 이분은 예전에 바이올린을 연주하셨던 분이야. 해코지하면 안 돼. 짖어서도 안 되고."

우리는 그 자리에 서 있었고, 레오가 울타리 사이로 네커의 젖은 털을 쓰다듬는 모습을 지켜보았다. 그 장면은 한편으로는 참으로 아름다웠다. 그가 다정하게 우정을 나누고, 기쁘게 밤 인사를 건네는 모습에 나도 즐거웠다. 그러나 한편

으로는 견딜 수 없을 만큼 비참한 감정이 밀려왔다. 레오가 네키와 아마 이 근처의 많은 개들, 어쩌면 이 세상의 모든 개들과 친밀한 우정을 나누고 있는 동안 정작 그와 나 사이에는 끝이 보이지 않는 낯선 기리만이 놓여 있다는 사실 때문이었다.

내가 간절히 구하고 애원하며 얻으려 했던 우정과 신뢰는 네커에게만 주어진 것이 아니었다. 그것은 레오가 발을 딛는 땅의 한 점, 떨어지는 비 한 방울, 그가 스치는 모든 생명에게 열려 있는 듯했다. 그는 언제나 자신을 내어주고, 물 흐르듯 쉬지 않고 주변의 모든 것과 교감하고 있었다. 누구든 그를 알고, 그를 사랑하는 듯 보였다. 오직 나만을 제외하고 말이다. 누구보다 절실하게 그의 도움이 필요했지만 레오에게서 나에게 이르는 길은 단 하나도 존재하지 않았다. 그는 오직 나만을 따로 떼어두기라도 하듯 낯설고 차갑게 바라보며 그 마음을 열어주지 않았다. 나를 기억 속에서 완전히 지워버린 것이었다.

우리는 천천히 걸음을 옮겼다. 울타리 건너편에서는 네커가 레오를 따라가며 반가운 기색으로 곁을 따라왔다. 녀석은 레오를 위해 꾹 참고 있긴 했지만 나를 의식한 듯, 몇 번인가 목 깊은 곳에서 으르렁대고 있었다.

"죄송합니다."

내가 다시 말을 꺼냈다.

"제가 괜히 매달려 시간을 빼앗고 있네요. 아마 집으로 가서 쉬고 싶으실 텐데요."

"아니, 왜요?"

레오가 미소를 지으며 대답했다.

"밤새도록 이렇게 걸어 다닌다 해도 전혀 나쁠 게 없습니다. 당신만 괜찮으시다면, 나는 시간 여유도 있고 마음이 내

키지 않는 것도 아니라서요."

그는 아주 친절하게 별 뜻 없이 그렇게 말했다. 그러나 그 말을 들은 순간, 머리끝에서 발끝까지 피로가 몰려드는 것 같았다. 이 무의미하고도 나로서는 수치스러운 밤 산책이 얼마나 힘겨운 일인지 그제야 온전히 느껴졌다.

"정말 그렇습니다."

나는 풀이 죽어서 말했다.

"이제야 알겠네요, 몹시 피곤하군요. 이렇게 밤중에 비를 맞으며 돌아다니는 것도, 남에게 폐를 끼치는 것도…."

"좋으실 대로 하시지요."

그가 정중하게 대답했다.

"아… 그때 우리가 함께 했던 '동방순례'에서는 저에게 이렇게 말씀하지 않으셨는데요. 정말 그 모든 걸 다 잊으신 건가요? 아무튼, 더 이상 폐 끼치고 싶지 않습니다. 안녕히 가세요."

그는 금세 어둠 속으로 사라져 버렸고, 나는 혼자 남았다. 바보가 된 듯 멍하니 서 있었다. 나는 결국 이 싸움에서 진 것이다. 그는 나를 알아보지 못했고, 알아보려 하지도 않았으며, 나를 우스꽝스럽게 만들었다. 나는 왔던 길을 되돌아갔다. 울타리 너머에서 네커가 사납게 짖어대고 있었다. 여름밤의 눅눅한 더위 속에서 나는 피로와 슬픔, 그리고 깊은 고독을 느끼며 오히려 한기에 몸을 떨었다.

예전에도 나는 이런 일을 겪은 적이 있었다. 그때마다 나는 마치 길을 잃은 순례자처럼 세상의 끝에 서 있는 기분이 들었고, 이제 할 수 있는 것은 마지막 남은 갈망을 따르는 일뿐이라고 생각했다. 세상의 끝에서 허공 속으로, 죽음 속으로 떨어져 버리는 것 말이다. 세월이 가면서 절망감이 가끔 다시 찾아오긴 했지만, 예전처럼 심한 자살 충동은 거의 사라졌다. 이제 죽음은 더 이상 '무(無)'도, 공허함도, 부정도 아니었다.

다른 많은 것들도 변해갔다. 나는 절망의 시간들을 마치 육체적 고통처럼 받아들이게 되었다. 통증을 느끼면서도 그것을 견디어 내듯, 울거나 분개하면서도 고통이 불어나는 것을 지켜보듯, '과연 어디까지 더 심해질 수 있을까' 그런 분노 섞인, 때로는 조소적인 호기심까지 가지게 되는 것이다.

내 실망스러운 삶에 대한 짜증, 실패한 '동방순례' 이후 점점 용기도 가치도 잃어버린 내 인생, 나 자신과 내 능력에 대한 불신, 한때 내가 누렸던 좋은 시절들에 대한 질투와 후회 어린 그리움. 이 모든 것들이 내 마음속에서 하나의 거대한 통증으로 자라났다. 나무처럼 자라나 산처럼 커져 나를 짓눌렀다. 그리고 그 모든 고통은 결국 한 지점으로 모여들었다. 지금 내가 짊어진 과제, 동방순례와 결맹의 역사를 기록하는 바로 그 일로 향해 있었다. 하지만 이제 더는 성과를 이루는 것 자체가 바람직하다거나 가치 있다고 느껴지지 않았다. 나에게 남아 있는 단 하나의 희망, 단 하나의 가치란 그 시절의 기억을 위해 바치는 이 작업을 통해 나 자신을 조금이라도 정화하고 구원하며, 다시금 결맹 그리고 그때의 체험과 연결되는 일뿐이었다.

집에 도착하자마자 불을 켜고 젖은 옷차림 그대로 모자를 벗지도 않은 채 책상 앞에 앉았다. 그리고 편지를 썼다. 레오에게 보내는 탄식과 후회와 간절한 호소가 담긴 편지를 열 장, 열두 장, 스 무 장이나 쏟아냈다. 나는 그에게 내 처지를 털어놓고, 우리가 함께 겪었던 추억과 친구들의 모습을 불러냈다. 그리고 내 숭고한 시도를 좌절시키는 저주스러운 난관들을 불평하기도 했다. 그 순간 피로는 흔적도 없이 사라졌고 나는 불같이 달아올라 편지를 써 내려갔다. 탄식과 원망과 자기 비난이 깨져버린 항아리에서 나오는 물처럼 쏟아져 나왔다. 답장은 기대하지 않았다. 그저 터져 나오는 것을 견딜 수 없어 쏟아내듯 쓰고 또 썼다. 그 날 밤, 나는 그 혼란스러운 두툼한 편지를 가까운 우체통에 넣었다. 새벽 무렵이 되어서야 불을 끄고, 거실 옆에 있는 작은 다락방 침실로 가 몸을 눕혔다. 나는 바로 잠이 들었고, 아주 깊고도 오랜 잠을 잤다.

5부

깨어났다 다시 잠들었다를 몇 번이고 반복해서 머리가 지끈거렸지만, 한참을 자고 나니 기운을 조금은 되찾을 수 있었다. 몸을 일으켜 거실로 나갔을 때 나는 믿기 어려운 광경을 마주했다. 레오가 마치 오래전부터 나를 기다려온 사람처럼 의자 끝에 걸터앉아 있었다.

"레오! 당신이 온 겁니까?"

"당신에게 가라는 전갈을 받았습니다. 결맹에서 왔습니다. 당신은 그 일을 두고 편지를 썼지요. 그 편지는 제가 간부들게 전해 드렸습니다. 최고 지도자가 당신을 기다리고 계십니다. 함께 가시겠습니까?"

나는 깜짝 놀라 허둥지둥 신발을 찾아 신기 시작했다. 밤새 엉망으로 어질러진 책상은 아직도 어수선했고, 나는 불과 몇 시간 전 그곳에서 무엇을 그토록 절박하게, 미친 듯이 써

내려갔는지조차 제대로 떠올릴 수 없었다. 어쨌든 그 일이 헛되지는 않은 것 같았다. 레오가 왔으니 말이다.

　그리고 그제서야 나는 그의 말이 뜻하는 바를 깨달았다. 그러니까 '결맹'이 아직 존재하고 있다는 것이다. 나만 모르고 있었을 뿐, 결맹은 나 없이도 계속 이어져 오고 있었고 나는 어느새 결맹에서 벗어난 사람이 되어 있었다. 결맹도 최고 지도자도 아직 존재하고, 간부들도 여전히 존재하고 있으며, 지금 그들이 나를 위해 사람을 보낸 것이었다! 이 소식을 듣자 나는 몸이 화끈해졌다가 오싹해지는 전율을 느꼈다.
　나는 이 도시에서 몇 달, 몇 주를 보내며 결맹과 우리의 옛 여정을 기록하는 데 몰두해 왔다. 그동안 결맹의 흔적이 아직 어딘가 남아 있는지, 혹은 어쩌면 내가 마지막으로 남은 생존자가 된 것은 아닌지조차 알 수 없었다. 솔직히 말해 어떤 순간에는 결맹과 그 결맹에 속했던 나 자신이 정말로 실재했던 것인지조차 확신할 수 없었다. 그런데 지금, 레오가 나를 데려가려고 결맹에서 파견되어 여기 서 있는 것이다. 그들은 나를 기억하고 있었고 나를 불러 들였으며 내 말을 듣고자 했다. 어쩌면 나에게 책임을 묻고자 할지도 모른다.

나는 준비가 되어 있었다. 내가 결맹을 배반한 것이 아니라는 것을 보여주고, 결맹에 기꺼이 복종할 준비가 되어 있었다.

　우리는 길을 나섰다. 레오가 앞장서서 걸어갔다. 나는 다시금 여러 해 전과 마찬가지로 그의 걸음걸이와 태도를 바라보며 얼마나 훌륭하고 완벽한 하인인지 감탄하지 않을 수 없었다. 그는 유연한 걸음걸이로 묵묵히 길을 안내했다. 자신의 임무를 수행하는 데 한 치의 흐트러짐도 없는 완벽한 안내자이자 봉사자였다. 그러나 그의 침착한 걸음과는 달리, 나의 마음은 초조함으로 들끓고 있었다. 결맹의 부름, 지도자의 소환. 내 모든 삶이 이 순간에 달려 있다는 생각에 기대와 기쁨과 두려움이 뒤섞여 숨쉬기조차 어려웠다. 그런 까닭에 레오가 앞서 이끄는 길은 견딜 수 없을 만큼 길게 느껴졌다.

　그는 마치 내 초조함을 시험이라도 하듯 빙 돌아가는 것처럼 느껴지는 길들만 골라 갔고, 나는 두 시간 넘게 그 뒤를 따라가야 했다. 두 번이나 그는 교회에서 기도를 하겠다며 한참 동안 나를 기다리게 했다. 또 어떤 때에는 오래된 시청 건물 앞에 서서 한참을 들여다보더니, 15세기에 결맹의 어떤 유명한 인물이 세운 장소라며 이야기를 늘어놓았다. 그의 걸

음걸이는 분명히 날렵하고, 임무에 충실하고, 목적의식이 있는 듯 보였지만 계속해서 길을 맴돌거나, 되돌아가고, 지그재그로 움직이며 끊임없이 옆길로 빠져드는 바람에 나는 점점 더 혼란스러워졌다. 우리가 오전 내내 걸어간 그 길은 사실 단 15분이면 충분히 갈 수 있는 거리였다.

마침내 레오는 나를 한적한 변두리 골목으로 데리고 갔다. 그리고 겉보기에는 관청이나 박물관처럼 보이는, 아주 크고 조용한 건물로 안내했다. 그 주변에는 사람이라고는 하나도 없었고 긴 복도와 계단들은 텅 비어 울릴 정도로 적막했다. 레오는 그 건물의 여러 복도와 계단, 넓은 대기 공간들을 돌아다니며 무언가를 찾기 시작했다.

한 번은 커다란 문을 조심스럽게 열었는데, 그 문 안쪽으로 무엇인가가 잔뜩 쌓여 있는 화가의 아틀리에가 보였다. 그곳에는 소매를 걷어붙인 채 그림을 그리고 있는 화가 클링조어가 있었다. 아, 이토록 반가운 얼굴을 마지막으로 본 게 도대체 언제였던가! 하지만 나는 감히 그에게 인사할 수 없었다. 아직 그럴 때가 아니었다. 나는 불려온 몸이었다. 클링조어는 우리를 크게 의식하지 않았다. 그는 레오에게 고개를 끄덕였지만 나는 알아보지 못한 것 같았다. 그리고는 자신의 작

업이 방해받는 것을 견디지 못하는 듯, 친절하면서도 단호하게 우리를 밖으로 내보냈다.

마침내 끝도 없이 이어지는 건물의 꼭대기 층에 도착했다. 그곳은 종이와 상자 냄새로 가득했고 벽을 따라 수백 미터나 이어진 서가에는 문서 꾸러미와 책들이 끝없이 줄지어 있었다. 거대한 문서고이자 기록 보관소였다. 아무도 우리를 신경 쓰지 않았고 모두가 소리 없이 자기 일에 몰두해 있었다. 나는 마치 이곳에서 세상 전체가, 심지어 별들마저도 기록되고 관리되고 있는 것이 아닐까하는 느낌을 받았다. 우리는 오래도록 그곳에 서서 기다렸다. 주변에서는 문서고 직원들과 사서들이 카탈로그 카드와 번호표를 손에 쥔 채 바쁘게 움직였다. 사다리를 놓고 오르내리기도 했고, 승강기와 바퀴 달린 작은 손수레가 부드럽게 조용히 움직이기도 했다. 마침내 레오가 노래를 부르기 시작했다. 나는 노래에 깊이 사로잡혔다. 그 멜로디는 한때 나에게 너무나도 익숙했던, 우리 결맹의 노래 중 하나였다.

노래가 울려 퍼지자, 곧장 모든 것이 재빠르게 움직이기 시작했다. 직원들은 서서히 물러났고, 거대한 기록 보관소의

풍경 속에서 그들의 모습은 점점 흐릿한 배경 속으로 사라져 갔다. 그렇게 내가 서 있는 주변에는 갑자기 넓고도 텅 빈 공간이 마련되었다. 장엄하게 펼쳐진 홀 한 가운데에 의자들이 정돈되어 놓여 있었다. 이윽고 여기저기에서 지도부 사람들이 속속 모습을 드러내어 하나둘씩 걸어와 자리에 앉았다. 의자 줄이 한 층씩 천천히 위쪽까지 채워졌다. 가장 위쪽에는 비어 있는 큰 의자 하나가 놓여 있었다.

레오는 내게 인내와 침묵, 경외심을 잊지 말라는 듯한 눈길을 한 번 보내고는 여러 사람들 틈 속으로 사라져버렸다. 알지도 못하는 사이에 그는 가버렸고, 나는 더 이상 그를 찾을 수가 없었다. 여기저기 높은 자리에 모이는 이들 사이에서 익숙한 모습들이 보였다. 알베르투스 마그누스, 뱃사공 바주데바[55], 화가 클링조어, 그리고 다른 몇몇 이들의 모습이 보였다.

마침내 정적이 내려앉았다. 그리고 한 인물이 앞으로 나섰다. 나는 거대한 심판의 자리 앞에 홀로 서 있었다. 이곳에서 무슨 일이 벌어지고 어떤 결정이 내려지든 모두 받아들일 각

55 헤르만 헤세의 작품 『싯다르타』에 등장하는 뱃사공의 이름이다.

오가 되어 있었지만, 그럼에도 깊은 두려움이 치밀어 올랐다. 하지만 동시에 지금 여기서 모든 것이 제자리를 찾아야 한다는 다짐 또한 내 안에 자리하고 있었다.

연단에서 울려 퍼진 목소리는 맑고 차분했다. '도망친 결맹 형제의 자기 고발' 그 말이 선포되자, 나는 무릎이 떨려왔다. 내 삶 자체가 걸린 일이었다. 그러나 차라리 잘된 일이었다. 이제는 모든 것을 바로잡아야 했다. 그는 이어서 물었다.

"당신의 이름은 H. H. 맞습니까? 슈바벤에서의 행진, 그리고 브렘가르텐에서의 축제에도 참석했었지요? 모르비오 인페리오레를 지나서 곧 도망친 것이 사실입니까? 동방순례기를 쓰려 한다고 고백하셨지요? 그런데 결맹의 비밀에 대해 침묵을 지키겠다고 한 맹세가 일에 방해가 된다는 생각이구요?"

나는 떨리는 목소리로, 도무지 이해할 수 없는 질문들까지 모두 "예"라고 답했다.

잠시 동안 간부들은 서로 속삭이며 몸짓으로 의논하더니 다시 한 사람이 앞으로 나와 이렇게 공표했다.

"여기 있는 자기고발자는 이제부터 자신이 아는 모든 순례단의 규율과 결맹의 비밀을 공개적으로 말할 수 있는 권한을

부여받는다. 또한 그의 작업을 위해 결맹의 모든 기록 보관
소를 개방한다."

그가 물러서자, 간부들은 흩어져 사라졌다. 어떤 이는 홀
의 깊숙한 공간 속으로, 어떤 이는 출입문을 통해 빠져나갔
고, 광활한 공간은 다시 고요해졌다. 나는 불안에 떨며 주위
를 둘러보았다. 그러다 탁자 위에 놓인 낯익은 원고 묶음들
이 눈에 들어왔다. 어딘가 익숙한 느낌이 들어 집어 들어보
니 그것은 바로 내가 끙끙대며 붙들고 있던 미완성의 원고였
다. 파란 표지 위에는 이렇게 적혀 있었다.

「동방순례의 역사 ─ H. H.의 기록」

나는 황급히 덤벼들어 숨 쉴 틈도 없이 페이지를 넘기며
밤마다 애써 적어 내려간, 수없이 덧칠하고 지우고 고쳐 쓴
그러나 여전히 초라하기 이를 데 없는 글을 읽어 내려갔다.
마침내 상부의 승낙, 아니 후원을 받아 이제 내 과업을 끝낼
수 있겠구나 하는 감회에 젖어 들었다. 이제는 어떠한 맹세
도 나의 혀를 구속하지 못할 것이며 결맹의 문서고, 바로 그

심연처럼 깊은 보고(寶庫)를 마음대로 이용할 수 있다고 생각하니 내가 하는 일이 어느 때보다 더 위대하고 명예로운 과업처럼 느껴졌다.

그러나 직접 손으로 쓴 그 원고지들을 읽어갈수록 나는 원고가 마음에 들지 않았다. 아니, 이제까지 아무리 절망에 빠졌던 때라고 할지라도 지금처럼 그 원고가 쓸모없고 엉망인 것처럼 여겨진 적은 없었다. 모든 것이 뒤죽박죽 뒤섞여 있고 너무나도 어리석어 보였다. 가장 명확해야 할 맥락들이 일그러져 있었고, 당연히 기록했어야 할 것은 빠져 있었으며, 사소하고 중요하지 않은 것들이 전면을 가득 채우고 있었던 것이다! 처음부터 완전히 다시 시작해야만 했다.

원고를 읽어가면서 문장들을 하나하나 지워나갔다. 문장을 지울 때마다 글자들이 종이 위에서 부스러져 없어져 버렸다. 뾰족하던 글자들이 흩어져 작은 무늬 조각들, 선과 점, 동그라미, 꽃무늬, 별표처럼 장난스러운 형상들로 흘러내렸고 원고지는 아름답지만 의미 없는 장식 무늬로 덮인 벽지처럼 되어갔다. 곧 내 글은 한 줄도 남지 않게 되었다. 내 작업을 위해 남은 건 넓게 펼쳐진 빈 종이뿐이었다. 나는 마음을 가다듬었다. 예전에는 내가 자유롭게 글을 쓸 수 없었던 것이 당연했다. 내가 다루려 했던 모든 것이 결맹과 관련된 비밀이었고, 발설하지 않겠다는 맹세가 나를 가로막았으니 말이다. 그래서 탈출구로 찾은 것이 객관적인 서술은 제쳐놓고 보다 고차원적인 연관성이나 목적이나 의도 같은 것도 고려하지 않은 채, 그저 단순히 개인적으로 체험한 것들에만 국한해 기술하는 것이었다. 그러나 그 시도가 어디로 흘러갔는지는 이미 충분히 보지 않았던가.

하지만 이제는 다르다. 더는 침묵할 의무도, 어떠한 제약도 없다. 내게 공식적으로 권한이 주어졌으며, 끝이 보이지 않는 문서고까지 온전히 이용할 수 있게 된 것이다. 그리고 이것은 분명했다. 설령 지금까지의 작업이 기묘한 장식무늬로 흩어져 사라지지 않았더라도, 나는 모든 것을 처음부터 다시 시작해야만 했다. 다시 세우고, 정초하고, 구축해야만 했다. 그래서 나는 먼저 결맹의 역사, 창립에 대한 간결한 서술로 글을 열기로 결심했다. 책상마다 끝없이 이어져 있는 수 킬로미터에 달하는 방대한 카드 목록들, 저 멀리 희미한 어둠 속까지 뻗어 있는 자료들이라면 내가 던지는 어떤 질문에도 답해줄 것이 분명했다.

우선 나는 시험 삼아 몇 개의 단어를 문서고의 목록에서 찾아보기로 했다. 사실 이 방대한 문서고를 이용하는 방법부터 배워야 했다. 당연히 나는 가장 먼저 「결맹의 문서」를 찾아보았다.

카탈로그는 이렇게 알려 주었다.

「결맹문서: 크리소스토모스 서가 제5권 39절 8번 항목 참조」[56]

---

[56] 요한네스 크리소스토모스(347~407)는 제37대 콘스탄티누폴리스 대주교로, 뛰어난 설교자이자 신학자였다. 그의 죽음 이후 '황금의 입을 가진'이라는 뜻의 그리스어인 크리소스토모스라는 별칭이 붙게 되었다. 헤르만 헤세의 『나르치스와 골드문트』의 등장인물 '골드문트'의 이름은 크리소스토무스의 별명을 독일어로 번역한 것에서 따온 것이다.

신기하게도 제목과 절, 항목을 곧장 찾아낼 수 있었다. 이 기록 보관소는 놀라울 만큼 질서정연했다. 그리고 마침내 나는 결맹문서를 손에 들었다.

그 문서를 읽지 못할지도 모른다는 건 이미 예상하고 있었다. 아니나 다를까, 그 문서는 그리스 문자로 쓰여 있었다. 나는 그리스어를 조금 알았지만, 아주 오래된 고대 문자나 이상한 글자들로 되어 있어서 읽히지 않는 기호들이 대부분이었다. 게다가 문장 자체가 방언이나 연금술사들의 비밀 언어 같은 것으로 작성되어서 몇몇 단어만을 비슷한 낱말과의 연상으로 알아볼 수 있을 뿐이었다.

그럼에도 나는 실망하지 않았다. 비록 문서는 읽히지 않았지만, 그것을 바라보는 동안 그 문자들 속에서 강렬한 기억들이 되살아났다. 이를테면 친구 롱구스가 밤에 정원에서 그리스어와 히브리어 글자들을 쓰자 그 글자들이 새와 용, 그리고 뱀이 되어 밤의 어둠 속으로 사라져버리던 광경이 손에 잡힐 듯 선명하게 떠올랐다.

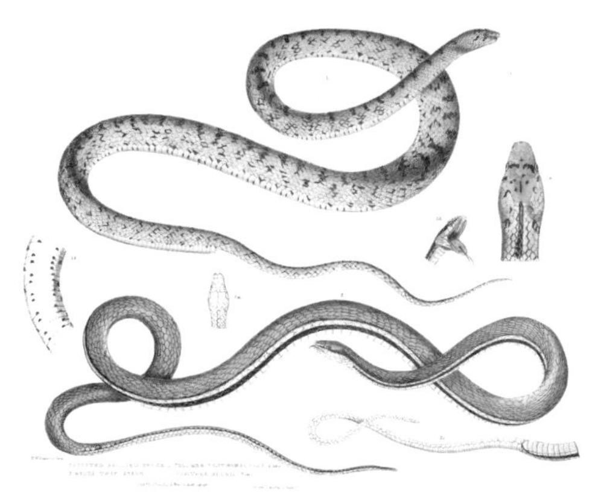

목록을 넘기면서 여기서 나를 기다리고 있는 방대한 자료
들을 보고 몸이 오싹해질 정도였다. 익숙한 단어들도 보였
고, 잘 알고 있는 이름들도 여럿 있었다. 그러다 불쑥 내 이름
을 마주쳤다. 하지만 감히 조회해볼 엄두가 나지 않았다. 도
대체 누가, 모든 것을 아는 법정이 내리는 '자기 자신에 대한
판결'을 견뎌낼 수 있겠는가? 그 대신 나는 순례 때부터 알고
있었고 클링조어와도 친했던 화가 파울 클레의 이름을 찾아보
았다. 그리고 그의 번호가 가리키는 문서고 칸을 열어보았다.

그 안에는 법랑을 입힌 황금판이 들어 있었는데 아주 오래
된 것 같아 보였다. 그 위에는 클로버를 상징하는 세 잎사귀

가 그려져 있었다. 한 잎은 파란 돛을 단 조그만 돛단배, 다른
한 잎은 알록달록한 비늘의 물고기, 마지막 잎은 전보 양식
같은 종이같이 보였는데 그 위에는 다음과 같은 글이 쓰여져
있었다.[57]

눈처럼 푸르르니

파울은 클로버와도 같구나.[58]

환상 희극 오페라 '항해사' 중 전쟁장면 파울 클레 (1923)

57   돛단배와 물고기는 화가 클레가 즐겨 사용한 모티브들이다.

58   헤세가 사용한 언어 유희로, 파울 클레의 이름에서 클레는 독일어로
클로버(klee)를 뜻한다.

134

클링조어, 롱구스, 막스와 틸리 같은 이들의 기록을 찾아 읽
는 일은 어딘가 뭉클한 기쁨을 주었다. 그리고 나는, 결국 레
오에 대해 더 알고 싶다는 호기심을 참을 수 없었다. 레오의
카드에는 이렇게 적혀 있었다.

주의

대주교 19. 신의 봉사자 D. 7.

아문의 뿔 6 [59]

주의

나는 두 번씩이나 쓰인 '주의'라는 경고가 마음에 걸렸다.
더 이상 이 비밀을 파고드는 일은 포기하였다. 하지만 새로
이것저것을 찾아볼 때마다 나는 이 문서고에 엄청나게 많은
자료와 지식, 그리고 신비한 방법으로 작성된 문서들이 보관
되어 있다는 사실을 알게 되었다. 그야말로 세상 전체가 들
어 있는 것처럼 보였다. 여러 지식의 세계를 들락거리며 헤
매다 보면 나는 다시 레오의 카드로 돌아왔고, 그때마다 호

59　아문의 뿔은 고대 이집트의 태양의 신 아문(Amun)의 상징이다. 형태
가 유사하여 암모나이트의 어원이 되기도 했다.

기심은 점점 더 커져만 갔다. 그러나 '주의'라는 글자는 늘 나를 뒤로 물러서게 했다. 그러던 중, 다른 카드함을 뒤적이다가 '파트메'라는 단어가 눈에 들어왔다. 그 아래에는 이렇게 적혀 있었다.

동방의 공주 2
천일야화 983번째 밤
기쁨의 정원 7[60]

나는 문서고에서 그 부분을 찾아냈다. 거기에는 아주 작은 메달 하나가 놓여 있었는데, 뚜껑을 열어보니 안에는 작은 초상화가 들어 있었다. 황홀하게 아름다운 공주의 초상이었다. 그것을 발견한 순간 내 젊은 날의 모든 천일야화가, 모든 동화 같은 일들이 기억났고 파트메를 만나러 동방으로 순례를 떠나기 위해 수련을 다 마치고서 결맹에 가입을 신청했던 그 위대한 시절에 품었던 꿈과 소망들도 생각났다. 메달은 거미줄처럼 가늘고 화사한 보랏빛을 띠는 비단 천으로 싸

60　『기쁨의 정원(Hortus Deliciarum)』은 12세기 수녀 란스베르그의 헤라드가 편찬한 백과사전적인 지식 개론서이다.

여 있었다. 코에 가져다 대보니 이루 말할 수 없이 아득하고 꿈속 같은 공주와 동방의 향기가 났다.

이 멀고도 아련한 마법의 향내를 들이마신 순간 나는 마침내 깨닫게 되었다. 그때 나는 얼마나 순수한 마법 속에 휩싸여 동방순례에 나섰던가. 그러나 그 순례는 정체조차 알 수 없는 교활한 장애물들에 인해 좌절되었고, 나를 감싸고 있던 마법은 점차 사라져 갔다. 남은 것은 황량함, 메마른 현실, 쓸쓸한 절망뿐이었으니. 그 절망이 바로 내 호흡이요, 내 빵이요, 내 물이었던 것이다. 눈물이 앞을 가려 더는 비단 조각도,

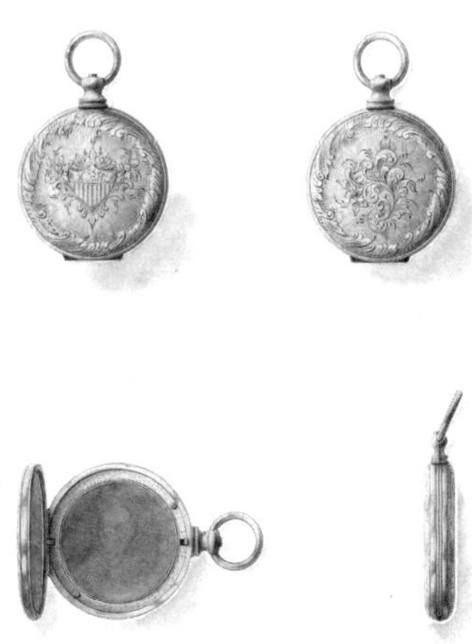

초상화도 볼 수 없었다.

아, 이제 나는 분명히 알 수 있었다. 그 아라비아 공주의 초상 하나만으로는 더 이상 세상의 모든 재난과 지옥 같은 절망으로부터 나를 지킬 수 없다는 것을. 그 그림은 더 이상 나를 기사나 순례자로, 십자군 전사로 만들어 줄 수 없다는 것을. 지금의 나에게는 그때보다 훨씬 더 강력한 마법이 필요하다. 그러나 그때의 꿈은 얼마나 달콤하고, 얼마나 순수하며, 얼마나 성스러웠던가! 그 꿈이야말로 나를 동화 애호가이자 음악가로 만들어주었고, 수련 기간을 거쳐 동방순례에 나서게 했으며, 마침내 모르비오까지 이끌어주었던 것이다.

시끄러운 소리 때문에 나는 깊이 빠져들었던 생각에서 깨어났다. 섬뜩하게도 문서고의 끝없이 깊은 공간이 사방에서 나를 내려다보고 있는 듯했다. 그 순간 어떤 새로운 생각, 새로운 고통이 번개처럼 스쳐 지나갔다. 어리석은 내가, 결맹의 역사를 쓰겠다고 했단 말인가! 나는 여기 문서고에 있는 수백만의 문서와 책들, 그림과 기호들 가운데 천분의 일도 읽어내지 못하고, 전혀 이해하지도 못하는 인간이 아닌가! 나는 완전히 무너진 채, 이루 말할 수 없이 어리석고 우스꽝스

러운 모습으로 나 자신조차 이해하지 못한 채, 티끌 하나로 말라붙어 문서고 한가운데 서 있었다. 결맹은 나를 위해 이 방대한 것들을 잠시 가지고 놀게 한 것 뿐이었다. 그것을 통해 결맹이 무엇인지, 그리고 내가 어떤 존재인지 스스로 느끼게 하려고 했던 것이다.

그때 수많은 문들이 열리며 헤아릴 수 없을 만큼 많은 간부들이 들어오기 시작했다. 여전히 눈물을 글썽거리면서도 나는 몇몇 얼굴들을 알아볼 수 있었다. 마술사 유프, 기록관 린트호르스트, 파블로로 변장한 모차르트가 보였다. 수많은 의자들은 뒤로 갈수록 점차 높아지며 층층이 배열되어 있었고, 그 의자들을 따라 장엄한 회합이 웅장한 모습을 갖추고 있었다. 가장 높은 자리를 이루는 옥좌에는 황금빛 천개(天蓋)가 빛나고 있었다.

대변인이 앞으로 나와 공표했다.

"결맹은 이제 간부들을 통해 스스로를 고발한 H.에게 판결을 내릴 준비가 되었소. 그는 순례단의 비밀을 침묵으로 지키려 했으나, 자신이 결코 감당할 수 없는 여정의 역사를, 나중에는 그 존재조차 믿지 못하고 충성을 지키지도 못했던 결맹의 이야기를 쓰고자 했으며 이제야 자신의 의도가 얼마나 불경스러웠는지 깨달은 것이오."

그는 내 쪽을 향해 돌아서서, 맑고 또렷한 전령의 목소리로 물었다.

"그대 자수자 H.여, 그대는 이 재판정을 인정하고 그 판결에 따르겠는가?"

"예."

나는 대답했다.

"그대 자수자 H.는" 하고 그는 말을 계속 이어 나갔다.

"간부들로 구성된 법정이 간부들 중의 최고 지도자인 의장 없이 그대에게 판결을 내리는 것에 승복하는가? 아니면 최고 지도자가 직접 그대에게 판결 내리기를 원하는가?"

"저는 윗분들의 판결에 따르겠습니다. 그것이 최고 지도자의 주재 아래 이루어지든 아니든 말입니다."

대변인이 막 대답하려는 순간, 장엄한 홀의 맨 뒤편에서 부드러운 목소리가 울려왔다.

"최고 지도자는 직접 판결을 내릴 준비가 되어 있다."

그 온화한 음성은 내 몸에 묘한 전율을 일으켰다. 기록 보관소의 사막 같은 지평선 너머에서 한 사람이 걸어나오고 있었다. 그의 발걸음은 차분하고 평화로웠으며, 옷은 금빛으로 찬란하게 빛났다. 모두의 침묵 속에서 그는 점점 가까이 다가왔다. 나는 그의 걸음걸이를 알아보았다. 그의 몸짓을 알아보았다. 그리고 마침내, 그의 얼굴마저 알아보았다. 그는 레오였다.

교황같은 장엄한 예복을 입고, 그는 줄지어 앉아 있는 간부들 사이를 지나 최고 지도자의 자리로 올라갔다. 계단을 오르는 모습은 마치 화려하고 이국적인 꽃이 스스로의 빛을 품고 피어오르는 듯했다. 그가 지나갈 때 그 앞줄에 앉아 있는 간부들은 모두 몸을 일으켜 인사를 했다. 그는 마치 경건한 교황이나 군주가 옥새를 받쳐들 때와 같이 조심스럽고 겸허하게 헌신적으로 빛나는 위엄을 지니고 걸어갔다.

나는 이제 곧 내려질 판결을 겸허히 받아들이겠다는 각오를 했다. 그 판결이 벌이든 용서든, 나는 이미 받아들일 준비가 되어 있었다. 나를 혼란스럽게 한 것은 짐꾼이자 하인에 불과했던 레오가 이제 온 결맹의 정점에 서서 나를 심판하려 한다는 사실이었다. 하지만 오늘 내가 맞닥뜨린 가장 큰 충격이자 기쁨은 결맹이 조금도 흔들리지 않고 여전히 강대한 모습 그대로 존재하고 있다는 사실이었다.

나를 버린 것도 나를 실망시킨 것도 레오가 아니라 오직 나 자신이었다. 나야말로 그동안 얼마나 나약하고 어리석었던가. 내가 겪어온 일들을 제멋대로 잘못 해석한 건 바로 나였다. 나는 결맹을 의심했고, 동방순례가 실패했다고 단정지었다. 마치 모래처럼 흩어져 사라진 이야기의 마지막 남은 생존자이자 기록자가 나 하나뿐이라고 착각했던 것이다. 실상 나는 그저 도망쳐 나온 자, 배신한 자, 낙오된 자에 지나지 않았던 것이다. 공포와 황홀함이 뒤섞인 깨달음이었다.

나는 한없이 작아져 겸허한 마음으로 최고 지도자의 발치에 서 있었다. 바로 그 자리에서 나는 한때 형제로서 결맹에 받아들여졌고, 수련 의식을 거쳐 결맹의 반지를 받았으며, 레오와 함께 순례의 길로 파견되었던 것이다. 그런데 또 하나의 새로운 죄, 무어라고 변명할 수 없는 또 하나의 태만과 수치라 할 만한 일이 새로이 마음속에 떠올랐다. 나는 결맹의 반지를 갖고 있지 않았다. 그 반지를 잃어버렸는데, 언제 어디에서 잃어버렸는지도 모르겠고, 지금까지 반지가 없어진 것조차 깨닫지 못하고 있었던 것이다!

그때, 금빛 장식을 두른 최고 지도자 레오가 말을 하기 시작했다. 그의 목소리는 아름답고 부드러웠으며 그가 흘려 보내는 말들은 부드러운 햇살처럼 내려와 내 마음을 어루만지고 축복하는 듯했다.

"자수자에 대하여"

높은 옥좌에서 목소리가 울려 퍼졌다.

"자수자는 몇 가지 잘못된 생각에서 벗어날 기회를 가졌소. 물론 그에게 불리해 보이는 점들은 많소. 결맹에 충성을 다하지 못한 것, 자기 자신의 죄와 어리석음을 결맹의 탓으로 돌린 것, 결맹의 존속을 의심한 것, 그리고 감히 결맹의 이야기를 기록해 보겠다는 야심을 품었던 욕심까지 말이오. 하지만 이런 것들은 크게 문제 삼을 일은 아니오. 그것들은, 자수자가 이런 표현을 이해해준다면 그저 초심자의 어리석은 실수에 지나지 않기 때문이오. 이런 어리석은 행동들은 그냥 우리가 웃어 넘기도록 하겠소."

나는 깊은 숨을 내쉬었다. 모여 있는 고귀한 간부들의 자리에도 가벼운 미소가 흘렀다. 내가 지은 가장 무거운 죄들, 심지어 결맹이 더 이상 존재하지 않으며 나 혼자만이 유일하게 결맹에 충성을 지키고 있다는 망상까지도 지도자에 의해 '어리석음', '아이 같은 짓'으로 여겨졌다는 사실은 말로 다 할 수 없을 만큼 큰 안도감을 주었다. 동시에 나의 한계를 절실히 느끼기도 했다.

"그러나" 하고 레오는 말을 이어갔다. 이번엔 그의 부드러운 목소리가 엄숙하게 가라앉았다.

"피고에게는 그 밖에도 훨씬 더 중대한 잘못들이 드러났소. 더욱 심각한 문제는 스스로 이 죄를 자백한 것이 아니라는 점이오. 그대는 이 잘못들에 대해 전혀 모르고 있는 듯하오. 그대는 마음속으로 결맹을 오해한 것을 깊이 후회하고, 또 그대 안의 어리석음 때문에 하인 레오에게서 최고 지도자인 레오의 모습을 보지 못했던 것을 용서하지 못하고 있을 것이오. 그리고 이제야 겨우 결맹에 대한 불충을 조금씩 자각해가고 있소. 하지만…"

레오는 단호하면서도 애잔하게 말을 이어갔다.

"그러나 그대는 이러한 '생각의 죄', '어리석음'은 심각하게 여기면서, 정작 자신이 실제로 저지른 잘못들, 그 수가 이루 헤아릴 수 없을 만큼 많고 하나하나가 무거운 벌을 받아 마땅한 큰 잘못들에 대해서는 한사코 기억하려 하지 않고 있소."

그 순간, 내 가슴속에서는 두려움이 거세게 요동쳤다.

레오는 나를 향해 돌아서서 이렇게 말했다.

"피고 H. 그대는 나중에 그대의 과오들을 직접 확인하게 될 것이오. 그리고 그 잘못을 피할 수 있는 방법도 배우게 될 것이오. 하지만 그대가 자신의 상황을 아직도 제대로 이해하지 못하고 있다는 것, 그것만이라도 알려주기 위해 묻겠소. 그대를 최고 지도자에게 데려갈 사자로 나타난 레오의 안내를 받으며 시내 거리를 걸어 지나갔던 일을 기억하고 있소? 시청과 파울 교회[61]와 성당을 지나 갔던 일, 그때 하인 레오가 성당 안으로 들어가 잠시 무릎을 꿇고 기도를 드렸던 일, 그대는 결맹의 서약 제4조를 위반해 가며 함께 들어가 기도하는 것을 포기했을 뿐만 아니라, 밖에서 초조해하고 지루해하면서 그 지겨운 의식이 끝나기만을 기다리고 있었소. 그 의식은 그대에게 전혀 필요없는 것으로 생각되었을 것이고, 그대의 이기적인 조급함을 시험하는 성가신 의식에 지나지 않는다고 여겼을 것이오. 그대는 성당 문 앞에서 취한 그 행동만으로도 결맹의 모든 기본적인 요구와 예법을 짓밟아버렸소. 신성을 모독했으며, 결맹의 형제를 가벼이 여기고, 묵상과 침잠의 기회를 외면하였소. 그 죄는 본래라면 용서받을 수 없었을 것이오. 몇 가지 특별한 참작이 그대를 위해 고려되

---

61 바젤에 있는 교회 이름이다. 헤세는 스위스 바젤에서 유년 시절을 보냈다. 또한 20대에도 바젤의 서점에서 일하며 글을 썼다.

지 않았다면 말이오."

　그는 정곡을 찔렀다. 지금까지는 부수적인 일들과 하찮은 어리석음만이 언급되었을 뿐이었지만, 이제 모든 것이 드러나게 되었다. 그는 내 마음을 꿰뚫고 있었다.
"우리는,"
최고 지도자가 다시 말을 이어 갔다.
"피고의 잘못을 전부 열거하려는 것이 아니오. 글자 그대로 심판할 필요는 없소. 피고의 양심을 일깨워 그를 진정으로 뉘우치도록 하기 위해서는 그저 경고만으로 충분하다는 것을 우리는 잘 알고 있소. 하지만 그대에게 충고하오. 그대는 자신의 양심의 법정 앞에, 지금까지 말하지 않은 다른 잘못들도 함께 세워야 하오. 그날 저녁 일을 다시 말해줘야겠소? 그대가 하인 레오를 찾아가, 다시 결맹의 형제로 인정받고자 했던 그날 말이오. 그러나 그것은 애초에 가능하지 않았소. 왜냐하면 그대 스스로가 결맹의 형제로서의 모습과 흔적을 지워버려, 그 누구도 그대를 알아볼 수 없게 만들어버렸기 때문이오. 또한 그대가 하인 레오에게 직접 털어놓았던 말들을 기억하고 있을 것이오. 그대가 그토록 소중하게 여기던 바이올린을 팔아버린 일, 그리고 그대가 수년 동안 스스로를 파괴하듯 살아온, 절망적이고 어리석고 편협한 삶 말이오. 그리고 또 하나 말하지 않을 수 없는 것이 있소. 결맹의 동지 H.여, 어쩌면 그날 저녁 하인 레오가 그대에게 부당한 판단을 내렸을 수도 있소. 어쩌면 하인 레오가 지나치게 엄격했을지도 모르고, 혹은 너무 이성적으로만 판단하여 그대와 그대의 사정을 너그럽게 받아들이지 못했을 수도 있을 것이오. 그러나 그보다 더 높은 곳에서, 결코 그릇된 판단은 하지 않는 심판관들이 있소. 피고인, 그 피조물이 당신에게 내린 판결은 무엇이었소? 네커라는 개를 기억하겠소? 그 개가 그대에서 내렸던 거부와 심판을 기억하겠소? 그 개는 매수될 수도 없고, 어느 편에도 서지 않으며, 결맹의 동지도 아니오."

그렇다, 셰퍼드 네커! 확실히 그 개는 나를 거부했고 심판했었다. 나는 그렇다고 인정했다. 판결은 이미 네커에 의해서, 그리고 나 자신에 의해서 내려져 있었던 것이다.

"자수자 H." 하고 레오는 다시 말하기 시작했다. 그 순간 찬란한 의복과 천개의 황금빛 휘장 속에서 울려나오는 그의 목소리는 마치 『돈 조반니』[62]의 마지막 장에서 기사가 문 앞에 나타날 때의 목소리처럼 차갑고 맑아서 마음을 꿰뚫어 보는 듯했다.

"자수자 H. 그대는 내 말을 듣고 그렇다고 대답했소. 우리가 보기에 그대는 이미 스스로에게 판결을 내린 듯 하오."

"그렇습니다…."

나는 아주 낮은 목소리로 말했다.

"그 판결은 짐작하건대, 그대가 스스로에게 내린 유죄 판결이오?"

"그렇습니다."

나는 속삭이듯 말했다.

그러자 레오가 옥좌에서 일어나더니 조용히 두 팔을 벌렸다.

"여러분도 함께 들으셨을겁니다. 여러분은 이제 결맹의 동지 H.에게 무슨 일이 있었는지 알았을 것입니다. 그것은 여

<hr>

62　모차르트의 오페라 『돈 조반니』의 2막 마지막 장면에서 석상으로 된 기사가 나타나 돈 조반니의 회개를 요구한다.

러분에게도 생소하지 않은 운명이지요. 또 여러분 중의 다수가 몸소 겪어야만 했던 일입니다. 피고는 지금 이 시간까지도 자신의 타락과 방황이 하나의 시험이었다는 것을 몰랐거나, 혹은 그것을 제대로 믿을 수가 없었던 것입니다. 그는 조금도 굴복하지 않았습니다. 오랜 세월 동안 그는 결맹에 대해 아무것도 모른 채 버텨왔고, 홀로 남겨져 자신이 믿어온 모든 것이 무너지는 것을 견뎌 왔습니다. 그러나 마침내 그는 더는 자신을 숨기고 억누를 수 없었습니다. 그의 고통은 너무도 커졌고, 여러분도 알다시피 고통이 충분히 깊어지면 비로소 앞으로 나아가게 되는 법입니다. 형제 H.는 그 시험을 통과하는 동안 절망의 문턱까지 다다랐습니다. 그리고 절망이란, 인간의 삶을 이해하고 정당화하려는 모든 진지한 시도의 필연적 결과입니다. 절망이란 생을 덕으로, 정의로, 이성으로 버텨내고 그 요구들을 실현시키려는 모든 시도의 결과이기도 합니다. 절망의 한편에는 아직 깨어나지 않은 아이들이 살고, 저편에는 깨어난 자들이 살고 있습니다. 피고인 H.는 이제 더이상 어린아이도 아니지만 아직 완전히 깨어난 것도 아닙니다. 그는 아직도 절망의 한가운데에 있습니다. 그러나 그는 이 절망을 넘어설 것이고, 그리하여 두 번째 수련

기를 마치게 될 것입니다. 우리는 그를 다시금 결맹으로 받아들입니다. 이제 그는 더 이상 결맹의 뜻을 제멋대로 이해한다고 자만하지 않을 것입니다. 그가 잃어버렸던 반지를 다시 돌려주겠습니다. 하인 레오가 그를 위해 간직해 두었던 바로 그 반지입니다."

이윽고 대변인이 반지를 가져와 내 뺨에 입을 맞추고 손가락에 끼워주었다. 그 반지를 보자마자, 그리고 금속의 차가운 감촉이 손가락에 닿자마자 나는 문득 수천 가지 일, 수천 가지 설명할 수 없는 과오들이 떠올랐다. 이 반지에는 일정한 간격으로 네 개의 보석이 박혀 있는데, 결맹의 규율과 서약에 따르면 적어도 하루에 한 번은 손가락에 긴 반지를 천천히 돌려가며 보석 하나하나에 이를 때마다 서약의 네 가지 법규를 마음속에 되새겨야 한다.

그런데 나는 반지를 잃어버렸을 뿐 아니라 잃어버린 것을 알아차리지도 못했다. 그리고 끔찍한 세월을 보내는 내내 서약의 네 가지 규정을 다시 외워본 적도, 떠올려본 적도 없었다. 나는 곧바로 규정들을 마음속으로 읊어보려고 했다. 그 규정들은 금방 기억해 낼 듯하면서도 막상 떠오르지 않는 누군가의 이름과도 같았다. 내 안은 잠잠했고, 나는 그 규정들을 더 이상 입에 올릴 수가 없었다. 나는 그것들을 잊은 채 수년 동안 한 번도 되뇌지 않았고, 수년 동안 지키지도 않았으며, 신성한 것으로 여기지도 않았다. 그런데도 나는 스스로를 충실한 결맹의 형제라고 여겨 왔던 것이다.

대변인은 내가 당혹스러워하며 깊은 부끄러움에 사로잡혀 있는 것을 보며 안심시키듯 팔을 토닥거려 주었다. 곧 최고 지도자가 말하는 소리가 다시 들려왔다.

"피고이자 자수자인 H.여, 그대는 무죄로 판결되었소. 또 그대에게 알려야 할 것이 있소. 이와 같은 재판에서 무죄를 선고받은 형제는 믿음과 순종을 증명하는 시험 과제를 수행한 뒤 상급자들의 무리에 합류하여 그들 중 한 자리를 맡아야 하오. 시험 과제의 선택은 그대에게 맡겨져 있소. 이제 내 질문에 답하시오. 형제 H. 그대의 믿음을 시험하기 위해 사나운 개 한 마리를 길들이는 일에 기꺼이 나설 수 있겠소?"

나는 몸서리치며 물러났다.

"안 됩니다, 그건 할 수 없습니다!"

"그렇다면, 우리의 명령에 따라 즉시 결맹의 문서고를 불태울 각오가 되어 있소? 바로 지금, 대변인이 그대 앞에서 불태워 버릴 것처럼 말이오.”

그 순간, 대변인이 앞으로 걸어나와 잘 정돈된 카드 상자를 집어들고는 두 손 가득히 수백 장의 카드를 꺼내더니 화롯불 위에 태워버렸다.

“안 됩니다!”
나는 막아 서며 말하였다.
“그것도 할 수 없습니다.”
“조심하시오!”
간부가 나를 향해 소리쳤다.

“내가 먼저 제안한 것은 가장 쉬운 과제들이었소. 최소한의 믿음만 있다면 행할 수 있는 것들이오. 그러나 앞으로 해야 할 과제들은 점점 더 어려워질 것이오. 이제 말해보시오. 그대는 우리 기록 보관소에 보관된 ‘그대 자신에 대한 기록’을 조회할 준비가 되었소?”

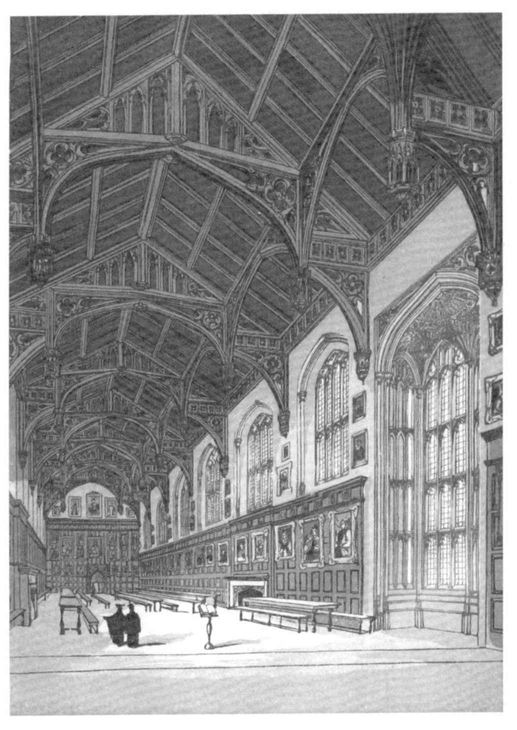

155

몸은 차갑게 식어가고, 숨이 막히려 했다. 그러나 나는 깨달았다. 질문이 거듭될수록 점점 더 어려워질 것이고, 도망치려 하면 할수록 더욱 심한 궁지에 빠지게 될 것이다. 나는 숨을 깊게 들이마시고 그러겠다고 대답했다.

대변인은 수백 개의 카드 상자가 놓여 있는 책상 앞으로 나를 데리고 갔다. 나는 'H'라는 글자를 찾아냈고, 내 이름을 발견했다. 이미 사백 년 전에 역시 결맹의 회원이었던 나의 선조 에오반[63]의 이름이 먼저 나왔고, 그 다음에 내 이름이 다음과 같은 지시와 함께 나타났다.

차티의 행적 90
칼프 시민의 탈주 49[64]

카드를 쥔 손이 떨려왔다. 그러는 동안에 간부들이 한 사

<hr>

63 헬리우스 에오바누스 헤수스(Helius Eobanus Hessus, 1488~1540)는 독일의 시인으로 당대 최고의 라틴 시인으로 여겨졌다. 'Hessus'는 그가 헤센 지역 출신이라는 것을 뜻한다. 헤세와 혈통은 다르지만 작가의 정신적 선조라고 할 수 있다.

64 차티(Chatti)는 현재 독일 헤센주에 해당하는 지역에 살았던 고대 게르만족이었다. 헤센주는 영문 표기로는 Hesse라 한다. 즉, 헤세의 행적이라는 뜻을 담고 있다. 칼프(Calw)는 헤세가 태어난 고향이다.

람 한 사람 의자에서 일어나 악수를 청하고, 내 눈을 들여다보고 나서는 자리를 떠났다. 마지막으로 최고 지도자가 옥좌에서 내려와 손을 내밀었다. 그리고 내 눈을 들여다보고는 경건하고 헌신적인 주교로서의 미소를 지으며 마지막으로 홀을 떠나갔다. 나는 왼손에 카드를 들고서 홀로 남겨졌다. 문서고의 기록을 확인하라는 판결을 이행해야 했다.

하지만 곧바로 그 기록을 열람할 용기가 나지 않았다. 나는 텅 빈 홀 안에 머뭇거리며 서 있었다. 사방으로 끝없이 펼쳐져 있는 서랍과 상자들, 벽장과 작은 방들을 바라보았다. 나는 두 가지 이유로 망설이고 있었다. 하나는 내 이름이 적힌 기록이 두려웠기 때문이고, 다른 하나는 알고자 하는 욕망이 너무나도 뜨겁게 타올랐기 때문이다. 그래서 나에 관한 일은 조금 뒤로 미루기로 하고, 우선 나와 나의 동방순례에 대한 이야기들을 이것저것 알아보기로 했다. 물론 마음 깊은 곳에서는 이미 알고 있었다. 내 이야기는 오래전에 심판을 받았고, 이미 땅속에 묻힌 이야기였으며 나는 그것을 끝까지 써내려갈 수 없으리라는 것도 알고 있었다. 그러면서도 나는 아주 깊은 호기심을 느끼고 있었다. 문서함들 사이에서

잘 끼워 넣지 않은 쪽지 하나가 비스듬히 삐져나와 있는 것
이 눈에 들어왔다. 나는 그리로 다가가 쪽지를 꺼냈다. 그 위
에는 이렇게 적혀 있었다.

모르비오 인페리오레.

내 호기심의 핵심을 이보다 간결하게 지칭할 수 있는 단어
는 없었다. 두근거리는 마음으로 문서고에서 그 부분을 찾아
보았다. 제법 많은 문서가 담긴 서류함이었다. 맨 위에는 오
래된 이탈리아 책에서 옮겨 적은 모르비오 협곡에 대한 설명
의 사본이 놓여 있었다. 그 아래에는 모르비오가 결맹의 역
사에서 맡았던 역할에 대한 짧은 기록이 적힌 4절 크기의 종
이가 있었다. 그 기록들은 모두 동방순례에 관한 것이었고,
내가 속했던 바로 그 그룹과 그 여정에 관한 것이었다.

기록에 따르면, 우리 그룹은 순례 도중 모르비오까지 이르
렀으나 그곳에서 하나의 시험에 맞닥뜨렸고 그 시험을 통과
하지 못했다. 그 시험이란 바로 레오의 실종이었다. 결맹에는
통솔자 없이 남게 될 경우에 대한 규칙들이 있는데, 이러한
규칙들은 순례길에 오르기 전에 이미 엄중하게 전달받았으

므로 우리는 결맹의 규칙대로 행동하면 되었다.

그런데 우리 그룹 전체는 레오가 없어졌다는 사실을 알게 된 그 순간부터 판단력과 신념을 상실하였고, 의혹과 쓸데없는 논쟁에 휘말리게 되었다. 그리고 결국에는 그룹 전체가 결맹의 정신에 반하여 여러 당파로 분열되고 뿔뿔이 흩어져 버렸다는 것이다. 모르비오에서 있었던 불행한 사고에 관한 설명은 그다지 나를 놀라게 하지는 않았다. 그러나 기록을 읽다가 알게 된 그룹의 분열 이후의 사실들은 나를 정말 놀라게 했다. 이를테면 우리 결맹의 형제들 중에서 무려 세 사람이 우리 여정의 기록과 모르비오에서의 체험을 글로 남기기 위해 시도했다는 것이다. 그 셋 중 한 사람은 바로 나였고, 실제로 내 원고의 정갈한 사본이 그 서류함 안에 들어 있었다.

나는 나머지 두 사람의 글을 말로 표현하기 어려운 심정으로 읽어 내려갔다. 그들도 근본적으로는 내가 묘사했던 것과 크게 다르지 않게 당시의 상황을 서술하고 있었다. 하지만 내 귀에는 전혀 다른 이야기처럼 들렸다. 그중 한 기록에는 이렇게 적혀 있었다.

하인 레오가 실종되어 갑작스럽고도 잔인하게 서로 간의 불화와 어찌할 수 없는 불신의 심연이 드러났다. 이로 인해 이제까지 그렇게도 견고해 보이던 우리의 결속도 갈기갈기 찢어져 버렸다. 우리들 중 몇몇 사람은 레오가 사고를 당했거나 도망을 친 것이 아니라, 오히려 결맹 지도부에 의해 은밀히 소환되었다는 것을 알아챘거나 직감하고 있었다. 그러나 우리가 이 시련을 이겨내지 못하고 어찌하여 형편없이 실패하고 말았는가를 생각하면, 우리들 중 어느 누구도 깊은 후회와 부끄러움을 느끼지 않을 수 없을 것이다. 레오가 우리 곁을 떠나자마자 우리들 사이의 믿음과 일치단결은 끝나고 말았다. 마치 보이지 않는 상처를 통해 생명의 붉은 피가 흘러나가 버린 것 같았다.

처음에는 의견의 차이가 생겨났고, 곧이어 하찮고 우습기 짝이 없는 문제들을 둘러싸고 뜨거운 논쟁이 벌어졌다. 예를 들자면 우리 모두가 좋아하고 공로도 컸던 바이올린 연주자 H. H.가 갑자기 도망친 레오가 배낭 속에 다른 귀중한 물건들과 함께 결맹의 가장 성스러운 문서인 스승의 고문서(古文書)를 넣어가지고 갔다는 의견을 내놓았다! 이 문제를 두고서 며칠 동안이나 진지한 논쟁이 벌어졌다. 상징적으로 보면 H. H.의 그 터무니없는 주장은 기묘하게도 의미심장했다. 실제로 레오가 떠난 뒤 우리 그룹은 결맹의 축복, 결맹과의 연결을 완전히 잃어버린 듯 보였기 때문이다.

비극의 한 사례가 바로 음악가 H. H.였다. 그는 모르비오 인페리오레의 그날 이전까지만 해도 가장 충실하고 믿음이 깊은 형제들 중 한 사람이었고, 예술가로서도 사랑받고 있었으며, 성격상의 결점이 있기는 했어도 가장 발랄한 동료들 중 한 사람이었다. 그러던 그가 그때부터 상심에 빠지고 우울증과 불신에 빠져 자신의 임무를 지나치게 소홀히 하고, 괴팍해지더니 신경질적이 되어 언쟁을 일삼게 되었다. 그러던 어느 날 그는 행진에서 낙오되어 다시는 우리 대열로 돌아오지 않았다. 하지만 누구도 그를 위해 걸음을 멈추거나 그를 찾아 나서야 한다고 주장하지 않았다. 탈주가 분명했기 때문이다. 유감스럽게도 탈주한 사람은 그 사람 하나만이 아니었다. 결국 우리 순례 그룹에는 아무것도 남지 않게 되었다…….

또 다른 기록에는 다음과 같은 구절이 있었다.

카이사르의 죽음으로 고대 로마가 무너진 것처럼, 윌슨[65]의 탈주로 민주주의적 세계 구상이 무너진 것처럼, 모르비오의 불길한 날에 우리 결맹도 무너졌다. 만약 여기서 죄와 책임을 논할 수 있다면, 그 책임은 두 동료에게 있다. 음악가 H.

65 미국의 제28대 대통령 우드로 윌슨(1856~1924)은 제1차 세계 대전 후 국제평화와 민주주의적 세계 질서를 세우기 위해 국제연맹을 설립하였으나, 정작 제안국인 미국은 상원이 국제연맹 가입을 거부하면서 가입하지 못했다.

H.와 하인 레오다. 결맹의 세계사적인 의의를 이해하지는 못했다 할지라도 그 두 사람은 이전까지는 모두에게 호감을 사고 충직했던 이들이었다. 그런 두 사람이 어느 날 갑자기 흔적도 없이 사라져버렸는데, 여러 귀중한 물건들과 중요한 서류들도 함께 가지고 달아났다. 그러한 점으로 미루어볼 때 가련한 두 사람은 결맹의 강력한 적에게 매수당한 것으로 추측된다…….

진심을 다해 진실을 밝히려 기록하려 했음에도 불구하고, 이들의 기억이 이렇게 흐려지고 왜곡되어 있다면, 그렇다면 내 기록들은 도대체 어떤 가치가 있단 말인가? 만약 모르비오와 레오와 나에 관해 다른 저자들의 기록이 열 개쯤 더 발견된다 해도, 그 열 개의 기록은 틀림없이 서로 모순될 것이고, 서로를 의심하고 비난할 뿐일 것이다. 그렇다. 이런 식의 역사학적인 노력은 아무 소용 없는 짓이다. 이러한 역사적 기술은 더 이어갈 필요도 없고, 굳이 읽어볼 가치도 없다. 문서고의 한 구석에서 먼지를 뒤집어쓴 채 남아 있어도 충분할 것이다.

나는 앞으로 내가 또 무엇을 알게 될지 모른다는 생각에 섬뜩한 두려움을 느꼈다. 거울들 속에서 모든 것이 뒤틀리고, 변형되고, 일그러져 버리고 어찌하여 진리의 얼굴은 수많은 기록과 이야기들 뒤에 이토록 비웃듯 숨어버려 도무지 다가갈 수 없게 되는 것인가! 그렇다면 진실이란 대체 무엇이며, 믿을 수 있는 것은 무엇인가? 그리고 내가 나 자신에 관해서, 내 존재와 나의 이야기까지 이 문서고에 보관되어 있는 글들을 통해 알게 된다 할지라도 대체 무엇이 남는다는 말인가?

나는 모든 것에 대비할 각오를 해야 했다. 더는 불확실한 마음과 불안을 견딜 수 없었다. 서둘러 '차티의 행적 90'이라 적힌 구획으로 가서 하위 항목과 번호를 찾았고, 마침내 내 이름이 붙어 있는 칸 앞에 섰다. 그곳에는 벽을 오목하게 파서 만든 작은 벽감(壁龕)이 있었다. 그런데 앞에 드리워져 있는 얇은 휘장을 젖히자 그 안에는 어떤 문서도 들어 있지 않았다. 종이 한 장 없었다. 오직 하나, 오래되어 닳아 있는 듯한 나무 혹은 밀랍으로 조각된 조각상이 들어 있었다. 빛 바랜 그 조각상은 일종의 우상이나 야만적인 신상(神像)처럼 보였다. 처음 보았을 때는 그 의미를 전혀 알 수 없었다. 그 조형물은 두 인물로 이루어진 형상이었는데, 두 인물의 등이 서로 붙어 있는 모습이었다. 나는 실망과 당혹감 속에서 한동안 그것을 바라보았다.

그때 벽감 속의 벽에 달린 금속으로 된 촛대에 양초가 하나 꽂혀 있는 것이 눈에 띄었다. 옆에 놓여진 성냥으로 초에 불을 붙였다. 그러자 그 기묘한 이중 조각상이 밝은 불빛 아래 뚜렷하게 드러났다. 그 조형물은 아주 서서히, 조금씩 모습을 드러냈다.

나는 천천히 그것이 무엇을 나타내려 하는지 짐작하기 시작했고 마침내 깨달았다. 두 형상 중 하나가 표현하고 있는 것은 바로 나였다. 그러나 내 모습은 보기 불쾌할 만큼 연약했고 현실과 비현실 사이에 반쯤 걸친 듯한 모습이었다. 윤곽선은 흐릿하게 번져 있었고, 전체적인 표정에는 어디에도 기댈 곳 없는 불안정함, 나약함, 죽어가거나 죽음을 바라는 듯한 기운이 서려 있었다. 마치 조각의 제목이 '무상(無常)' 혹은 '소멸'쯤 될 법한 모습이었다.

반면 내 형상과 한 몸으로 이어져 있는 다른 형상은 선명한 색채와 형태로 활기차게 피어나 있었다. 그리고 내가 그것이 누구를 닮았는지 막 짐작하려 할 때, 즉 하인이며 최고 지도자인 레오를 닮았음을 알아차리려는 순간, 벽에 또 다른 초가 꽂혀 있는 것이 눈에 들어왔다. 나는 그 초도 함께 밝혔다. 그러자 나와 레오를 암시하는 형상은 점점 더 또렷해지고 실제 모습에 가까워졌다. 그뿐만 아니라 표면이 투명하여 마치 유리병이나 꽃병처럼 안쪽을 들여다볼 수 있다는 것도 알게 되었다.

조각상의 안쪽에서는 무엇인가 끝없이, 그리고 천천히 움직이고 있었다. 매우 느리고 부드럽지만 멈추지 않는 흐름 혹은 녹아내림 같은 움직임이었다. 그리고 그 흐름은 나의 형상에서 레오의 형상으로 계속해서 흘러 넘어가고 있었다. 나의 형상은 레오에게 자신을 내어주고 그에게 흘러들어가 그를 먹이고 강하게 하려 했다. 시간이 지나면서 한쪽 상의 모든 실체가 다른 쪽 상으로 흘러 들어가서 마침내 오로지 하나의 상, 즉 레오만이 남을 것 같았다. 그는 자라나야 했고, 나는 소멸해야만 했다.

그곳에 서서 내가 본 것을 이해하려 애쓰는 동안, 언젠가 브렘가르텐의 축제에서 레오와 나누었던 몇 마디 대화가 떠올랐다. 그때 우리는 문학 작품 속에 서술된 인물들이 그들을 창조해 낸 작가의 모습보다 더 생생하고 사실적일 때가 많다는 이야기를 했었다.

촛불은 다 타서 꺼져 버렸다. 피로와 졸음이 한없이 몰려왔다. 누일 수 있는 곳을 찾아 몸을 돌려 잠을 청했다.

작품 해설

헤세의 '가장 사적인' 작품이자 은유적인 자서전

헤르만 헤세의 열정적인 독자라 할지라도 이 작품은 저자의 자기 고백적인 수수께끼 정도로 치부하고 넘겨버리고 싶은 유혹을 받기 쉬울 것이다. 헤세의 모든 글은 본질적으로 매우 개인적이지만, 그가 남긴 주요 작품 가운데서도 이 작품은 '가장 사적인' 작품이다. 보다 폭넓은 독자를 향해 열려 있는 이전의 많은 작품들과 달리 이 난해한 작품은 헤세의 모든 책을 탐독한 소수의 독자들을 대상으로 하는 듯 보이기도 한다. 이는 헤세가 "나는 이 작품에서 조금 지나치게 사적인 것들을 집어넣지 않았는가 하고 스스로에게 자주 되묻곤 했다"라고 인정한 것에서도 암시된다.

예컨대 화자의 모험 여정에서 낭만적 대상으로 등장하는 『천일야화』 속 파트메 공주는 니논과 연결되는데 '외국 여인이라 불리던 니논을 만났고, 또 사랑했다'라는 구절(40쪽)에서 니논을 외국 여인이라고 지칭한 이유는 그녀의 본명 Ninon Ausländer에서 'Ausländer'는 독일어로 외국인을 뜻하기 때문이다. 브렘가르텐 축제를 묘사한 부분에서 등장하는 막스와 틸리 부부(48쪽)는 헤세의 친구이자 때때로 그를 초대했던 부부를 가리킨다. 이 모임에는 롱구스(헤세의 정신 분석가이자 친구였던 랑 박사), 피아노로 모차르트를 연주하는 오트마르(헤세의 친구이자 작곡가), 장화 신은 고양이와 스페인어로 대화하는 루이(헤세의 화가 친구)가 있다. 또한 '칼프 시민의 탈주'도 헤세 자신을 암시한다. '주의 대주교 19. 신의 봉사자 D. 7. 아문의 뿔 6 주의'와 같은 문구(135쪽)에서는 의도한 듯한 난해함이 느껴진다.

위와 같은 비유적인 표현을 마주하면, 독자들은 아마 이러한 궁금증을 가질지도 모른다.

"이런 자전적인 말장난의 목적은 무엇이며, 이 작품은 저자 본인 외에 대체 누구를 위한 것인가?"

『동방순례』는 헤세에게 가장 중요한 작품 중 하나였다

비록 난해함과 끝없는 비유적 표현으로 독자를 당혹스럽게 하지만, 헤세는 이 책을 자신의 가장 중요한 작품 중 하나로 보았다. 그는 이 작품을 『데미안』, 『싯다르타』, 『황야의 이리』와 함께 '생명을 구해준 책'으로 언급했다. 이 작품은 『나르치스와 골드문트』를 완성한 뒤 찾아온 창작의 우울을 극복하기 위해 집필되었다. 이 시기는 헤세가 지난 10년 동안 겪어온 삶과 글쓰기의 무력감을 다시금 직면한 시기였다. 헤세는 다음과 같이 말한다. "이것은 결코 귀여운 장난이나 유희가 아니다… 오히려 고백이며, 시대에 맞서는 경향들에 대한 호소이다. 그리고 이것은 결코 오늘로부터의 도피가 아니라 사투, 즉 죽음을 각오한 투쟁이었다."

헤세의 주요 작품들과 마찬가지로 이 작품은 내적 투쟁의 표현이지만, 보다 새로운 형식을 갖추어 향후 『유리알 유희』로 이어지는 서문적인 의미를 지닌다. 회의와 긍정, 절망과 희망이라는 양극단의 감정은 그 어느 때보다도 멀리 떨어져 있으며 그는 실패한 여정을 통해 자전적 글쓰기 자체의 가능성을 하나의 비판적 성찰의 대상으로 제시한다. '단절', '중단', '미완성'의 모티프가 이 책에서 두드러지는 것은 이 작품이 자전적 서사의 가능성 자체를 문제 삼기 때문이다. 그리고 이는 헤세가 그의 일기에서 토로했던 고뇌와 맞닿아 있다.

"열두 권이 넘는 서로 다른 일기들조차도 영혼의 온전함과 다면성을 기록하기에는 부족하다."

H. H.는 자신이 동행했던 동방 여행의 간결한 역사를 쓰고자 했으나, 그 여행은 레오라는 늘 상냥하고 헌신적이던 하인의 갑작스러운 실종과 함께 의미와 중심을 잃어버린 원정이 되어버린다.

"내가 짜내려던 직조물은 온데간데없고, 내 손에는 얽히고 설켜 풀어내려면 수백 명이 매달려 몇 년을 보내야 할지 모르는 실뭉치만이 남아있다."(70쪽) 그의 자아는 그 자체로 공허한 것에 불과하다. "그런데 그 '무언가'란 바로 나 자신의 자아로, 나라는 거울은 내가 어떤 질문을 던지려 해도 늘 텅 비어 있을 뿐이고 마치 유리 표면에 얇게 입혀진 막처럼 투명하게 드러날 뿐이다."(72쪽) 이는 곧 자전적 글쓰기가 가능한가에 대한 회의로 이어진다. "네 이야기가 과연 말로 전할 수 있는 것인가?" "그 이야기는 애초에 정말 경험될 수 있었던 것인가?"(73쪽) 헤세는 직접 경험한 사건들을 처음에는 도무지 서술할 수 없었다고 고백한다. 과거를 일관된 서사로 재구성하는 데에는 또 다른 장애물이 있다. 바로 과거에 대해 가능한 관점이 무한히 존재한다는 사실이다. 결국 헤세는 소설 속 H. H.처럼 집요하고 회의적인 자기 성찰의 과정을 통해서 말년의 자전적 글쓰기를 '허구'의 상태로 발전시키고 삶의 우연적 요소들을 자전적 소설, 나아가 시적 진실로 전환할 수 있었던 것이다.[1]

"그 책을 쓸 수 있었던 이유는… 단 하나였어. 그게 필요했기 때문이야. 나는 그 책을 쓰든가, 아니면 절망 속으로 떨어지든가 해야 했지. 책을 쓰는 일만이 내가 '무(無)'와 혼돈, 그리고 결국엔 자살로 기울어가는 걸 막아주는 유일한 길이었어."(84쪽) 즉, 루카스의 딜레마를 저자의 딜레마로 번역하자면 『동

1   Eugene L. Stelzig(1987) "Die Morgenlandfahrt": Metaphoric Autobiography and Prolegomenon to "Das Glasperlenspiel" Monatshefte, Vol.79, No.4 pp.486~495

174

방순례』를 집필한 것은 의지의 힘으로 절망의 극한 상황에서 헤세 자신을 구해내는 자기 보존적 행위라는 것이다. 물론 이러한 해결 방법은 "그리고 또 하나. 글을 쓰는 동안 난 단 한 순간도 다른 독자들을 생각해선 안 됐어."(84쪽)라는 대사에서 고백한 것처럼 자기중심적이고, 독자를 배려하지 않는 방식이다. H. H.가 다시 모르비오에서 좌초된 여정의 연대기를 쓰기 시작할 때 그는 더 이상 원정 전체의 실패에 관심을 두지 않는다. 대신 전쟁사를 쓴 친구가 그러했듯, 오직 자신의 개인적 목표에만 집중한다. "사실 날이 갈수록 동방순례의 역사를 쓰겠다는 이 계획 역시 이기적이라는 생각이 든다."(89쪽)

그러나 헤세는 지도자가 내리는 판결을 통해서 비관적인 회의주의자들과는 선을 긋는다. "그의 고통은 너무도 커졌고, 여러분도 알다시피 고통이 충분히 깊어지면 비로소 앞으로 나아가게 되는 법입니다."(151쪽) 지도자가 내리는 판결의 아이러니는 그를 다음 단계로 밀어 올린다. 따라서 가장 개인적이고 사적인 이 작품은 동시에 비개인적이고 영원한 가치를 지향하고 있다.

　마지막 장면에서는 작품의 초반에 이미 언급되었던 "놀랍게도 그들이 창조해 낸 인물들은 예외 없이 창조자인 그들 자신보다 훨씬 더 생기 있고, 아름답고, 쾌활했으며 어쩌면 더 참되고 현실적인 듯 보였다."(53쪽)라는 현상을 다시 떠올리게 되는데 이것은 곧 자신의 상황, 더 정확히는 헤세라는 저자의 상황에 대한 암시로 이어진다.

　결말에서 레오는 자라나야 했고, 나는 소멸해야만 했다라는 문장은 헤세가 1933년 11월 19일에 쓴 편지에서 그 의미를 찾을 수 있다.

　"젊음의 과제는: 자신을 진지하게 받아들일 수 있어야 한다. 늙음의 과제는: 자신을 희생할 수 있어야 한다. 자신보다 더 중요한 무엇인가를 위해서라면, 나는 신앙의 교리를 설파하려는 것은 아니지만, 영적인 삶이란 이 두 극단 사이를 오가며 전개되어야 한다. 젊은이의 갈망과 의무는 '생성(Werden)'이며, 성숙한 인간의 의무는 자기 자신을 내려놓는 것, 즉 '소멸(Entwerden)'이다. 인간은 먼저 온전한 존재, 하나의 진정한 인격이 되어야 한다. 그렇게 인격이 형성되는 과정에서 겪는 고통을 겪고 자라난 뒤에야 비로소 그 인격을 희생할 수 있다."

H. H.는 자기중심적이고 내면만을 들여다보기 때문에 늘 절망에 빠져 있으며, 타인을 향한 경외심이 부족하다. 그러나 레오는 지혜와 성숙을 상징한다. 그는 자신의 인격에 확신을 지니고 있으며 자신보다 더 큰 무언가를 위해 기꺼이 자신을 낮출 줄 아는 사람이다. H. H.가 모르비오 인페리오레에서 겪은 체험과, 순례단과 다시 합류하기까지의 시간은 그의 '생성'의 시기이며 레오와의 궁극적 합일은 '소멸'의 과정이다.[2]

2 R. H. Farquharson(1963) The Identity and Significance of Leo in Hesse's "Morgenlandfahrt" Monatshefte, Vol.55, No.3 pp.122~128

작가 연보

1877년   7월 2일 독일 남부 뷔르템베르크주의 칼프에서 개신
             교 선교사이던 아버지 요하네스 헤세와 어머니 마리
             군데르트의 장남으로 태어났다. 요하네스 헤세는 에
             스토니아 출신으로 인도에서 선교사 생활을 했다. 어
             머니는 유명한 인도학자이자 선교사인 헤르만 군데
             르트의 딸이었다. 외삼촌 빌헬름 군데르트는 일본에
             서 활동한 교육가로 불교 연구의 권위자였다. 아버지
             의 혈통 때문에 헤세는 태생적으로 러시아 시민권을
             가지고 있기도 했다.

1881~1886년   가족과 함께 스위스 바젤로 이주했다. 1883년에 온
             가족이 스위스 국적을 취득했다. 부모의 양육 방식에
             반항적인 태도를 보인 헤세는 여섯 살 때 선교회 기
             숙 학교에 6개월간 보내졌다.

1886년   헤세 가족은 칼프로 돌아왔다. 헤세는 초등학교 2학
             년에 입학했다.

1890~1891년   헤세의 아버지는 아들이 신학교에 진학하기 위한 국

가고시를 볼 수 있도록 뷔르템베르크 국적을 얻었다. 헤세는 시험 준비를 위해 괴핑엔에 있는 라틴어 학교에 다녔다. 그리고 뷔르템베르크 국가시험에 합격했다.

1891~1893년   마울브론 기숙 신학교에 입학했으나 학교를 도망쳐 나왔다. 자살 시도로 정신병원으로 보내졌다. 이후 칸슈타트 김나지움에 다닐 수 있었다. 그러나 1년 만에 학업을 중퇴하고, 김나지움 졸업 자격 시험에 합격한다.

1893년   에슬링겐의 서점에서 견습을 시작했지만 3일 만에 그만두었다.

1894~1895년   칼프의 시계 공장에서 견습공으로 일했다.

1895~1898년   튀빙겐에서 서점 점원으로 일하면서 글을 쓰기 시작했고 독학으로 문학과 철학 공부를 했다.

1898~1899년   첫 시집 『낭만의 노래(Romantische Lieder)』와 산문집 『자정 너머 한 시간(Eine Stunde hinter Mitternacht)』을 출간했다.

1899~1901년   바젤에 있는 라이히 서점에서 점원으로 일했다.

1901년   1901년 봄, 7주 동안 이탈리아로 첫 여행을 떠난다.
                 『헤르만 라우셔의 유작과 시(Hinterlassene Schriften
                 und Gedichte von Hermann Lauscher)』를 가을에 발
                 표했다.

1901~1903년   바젤에 있는 바텐빌 서점에서 일했다.

1902년   모친이 세상을 떠났다. 어머니에게 『시집(Gedichte)』
                 을 헌정했다.

1903년   서점을 그만두고 이탈리아 토스카나 지방으로 두 번
                 째 여행을 떠났다. 사진작가 마리아 베르누이(Maria
                 Bernoulli)와 함께 여행했는데, 같은 해에 그녀와 약혼
                 하게 된다.

1904년   『페터 카멘친트(Peter Camenzind)』 출간 이후 성공적
                 인 작가의 길을 걷게 된다. 마리아 베르누이와 결혼
                 했다. 독일 가이엔호펜으로 이사한다. 『아시시의 성
                 프란치스코(Franz von Assisi)』를 출간했다.

1905년   큰아들 브루노가 태어났다.

1906년   『수레바퀴 아래서(Unterm Rad)』를 출간했다. 북부
             이탈리아로 세 번째 여행을 떠났다.
             독일 제국을 비판하는 자유주의 잡지 《3월(März)》
             의 편집인으로 참여했다.

1907년   가족들과 함께 가이엔호펜의 새집으로 이사했다. 중
             단편 소설집 『이 세상 풍경(Diesseits)』을 출간했다.

1908년   단편집 『이웃 사람들(Nachbarn)』을 출간했다.

1909년   둘째 아들 하이너가 태어났다.

1910년   소설 『게르트루트(Gertrud)』를 출간했다.

1911년   시집 『도상에서(Unterwegs)』를 출간했다.
             셋째 아들 마르틴이 태어났다. 화가 한스 슈투르체
             네거와 함께 실론과 인도네시아 여행을 했다.

1912년   단편집 『우회로(Umwege)』를 출간했다.

스위스 베른으로 이주했다. 많은 지역 예술가들과 친
분을 쌓는다.

1913년 　　　『인도기행(Aus Indien)』을 출간했다. 북부 이탈리아로
여행을 떠난다. 아내 마리아 베르누이와의 결혼 생활
에 불화가 쌓인다.

1914년 　　　소설『로스할데(RoBhalde)』를 출간했다. 제1차 세계
대전 발발 후 군 입대를 자원하였으나 복무 부적격
판정을 받아, 베른에서 독일 포로 후생사업에 참여했
다. 반전주의적 태도로 극단적 애국주의에 반대했다
가 독일에서 비난을 받았다.

1915~1919년 　　　헤세는 독일 포로 구호에서 일하며 전쟁 포로들을 돌
보고 그들에게 책을 제공하는 임무를 맡게 된다. 그
는 포로들을 위한 여러 잡지의 발행인이 되었고, 1917
년에는 자신의 출판사를 설립하여 1919년까지 직접 손
으로 쓴 22권의 소책자를 출판한다.

1915년 　　　『크눌프: 크눌프 삶의 세 가지 이야기(Knulp: Drei
Geschichten aus dem Leben Knulp)』, 단편집『길가

에서(Am Weg)』, 시집 『고독한 사람의 음악(Musik des Einsamen)』을 출간했다.

1916년   단편집 『청춘은 아름다워라(Schön ist die Jugend)』를 출간했다. 부친의 사망과 아내와 셋째 아들의 병으로 신경쇠약이 발병하여 정신분석학자 융의 제자인 랑에게 심리 치료를 받았다. 헤세는 심리 치료를 받으면서 그림을 그리기 시작한다.

1917년   전쟁 포로들과 함께한 자신의 활동을 보호하기 위해 에밀 싱클레어라는 필명을 사용하여 반전 에세이를 발표했다.

1918년   아내와 상호 합의하에 별거하기로 결정한다. 얼마 지나지 않아 아내는 심각한 정신병 증세를 보인다.

1919년   왕성한 창작 활동으로 몇달 만에 여러 편의 단편 소설과 시를 쓴다. 정치적 평론집 『차라투스트라의 귀환: 어느 독일인이 독일 젊은이들에게 보내는 한마디(Zarathustras Wiederkehr: Ein Wort an die deutsche Jugend von einem Deutschen)』를 출간했

다. 스위스의 몬타뇰라로 이주한다. 『데미안(Demian:
Die Geschichte von Emil Sinclairs Jugend)』을 에밀
싱클레어라는 필명으로 출간했다. 『동화(Märchen)』
를 출간했다. 새로운 독일 문명을 위한 잡지 《Vivos
voco》를 창간하고 편집했다.

1920년   정신적 안정을 위해 수채화를 많이 그렸다. 단편집『클
링조어의 마지막 여름(Klingsors letzter Sommer)』을 출
간했다. 바젤 미술관에서 헤세의 첫 수채화 전시회가
열렸다.

1922년   『싯다르타(Siddhartha)』를 출간했다.

1923년   『싱클레어의 수첩(Sinclairs Notizbuch)』을 출간했다.
마리아 베르누이와 이혼했다.

1924년   스위스 국적을 재취득하고, 20살 연하인 가수 루트
벵어(Ruth Wenger)와 결혼했다.

1925년   『요양객(Kurgast)』을 출간했다. 『픽토르의 변신(Piktors
Verwandlungen)』을 출간했다.

| 1926년 | 취리히의 예술가들과 자주 교류했다.『그림책(Bilderbuch)』을 출간했다. 프로이센 예술원 회원으로 선출되었다. |

1926년 취리히의 예술가들과 자주 교류했다.『그림책(Bilderbuch)』을 출간했다. 프로이센 예술원 회원으로 선출되었다.

1927년 루트 벵어와 이혼했다.
『뉘른베르크 여행(Die Nürnberger Reise)』,『황야의 이리(Der Steppenwolf)』를 출간했다. 50번째 생일을 기념하여 친구 후고 발(Hugo Ball)이 쓴 헤세의 전기『헤르만 헤세: 그의 삶과 작품(Hermann Hesse: Sein Leben und sein Werk)』이 출간되었다.

1928년 에세이『관찰(Betrachtungen)』과 시집『위기: 일기한 토막(Krisis: Ein Stück Tagebuch)』을 출간했다.

1929년 시집『밤의 사색(Trost der Nacht)』을 출간했다.

1930년 장편『나르치스와 골드문트(Narziß und Goldmund)』를 출간했다.

1931년 몬타뇰라에서 친구가 마련해 준 저택 '카사 로사'로 이사한 헤세는 남은 생애를 그곳에서 보낸다. 니논

돌빈(Ninon Dolbin)과 재혼했다. 프로이센 예술원을 떠난다.

1932년 『동방순례(Die Morgenlandfahrt)』를 출간했다. 11년 동안 집필하게 될『유리알 유희(Das Glasperlenspiel)』집필을 시작했다. 이 책의 여러 장들은 1942년 완성될 때까지 잡지에 연재된다.

1933년 히틀러의 독일 독재 12년 동안 헤세와 그의 아내는 난민과 박해받는 유대인들에게 돈과 집을 제공하고, 여행 서류, 비자, 취업 허가증 등을 발급받도록 도왔다. 『작은 세상(Kleine Welt)』을 출간했다.

1934년 시집『생명의 나무에서(Vom Baum des Lebens)』를 출간했다. 나치의 문화 정책으로부터 보호를 받고, 해외로 이주한 동료들을 위한 효율적인 지원 방안을 모색하기 위해 스위스 시인 및 작가 클럽의 회원이 된다.

1936년 『정원에서 보내는 시간(Stunden im Garten)』을 출간했다. 마틴 보드머 재단의 고트프리트 켈러(Gottfried Keller) 상을 수상하였다.

1939~1945년   제2차 세계대전이 본격화되면서 1945년 종전까지 헤

세의 작품이 독일에서 출판되는 것이 금지되었다.

1943년   독일의 출판사 주어캄프(Suhrkamp)와 합의하여 스

위스 취리히에서 헤세 전집이 나왔다. 취리히에서

『시집(Gedichte)』전집을 발간했다.

『유리알 유희(Das Glasperlenspiel)』의 최초 완역본이

스위스에서 출판되었다.

1945년   시선집『꽃 핀 가지(Der Blütenzweig)』, 미완성 소설『베

르톨트(Berthold)』, 동화집『꿈의 여행(Traumfahrte)』이

출간되었다.

1946년   『유리알 유희(Das Glasperlenspiel)』로 노벨 문학상

을 수상했다. 시사평론집『전쟁과 평화(Kreig und

Frieden)』가 출간되었다. 프랑크푸르트시가 수여하

는 괴테 상을 수상했다. 헤세의 작품이 다시 독일에

서 출간되기 시작했다.

1947년   고향 칼프시의 명예시민이 되었다. 베른 대학교에서

명예 박사 학위를 수여했다.

1949~1961년   헤세는 매년 여름을 스위스 엥가딘의 실스마리아에서
                  보낸다.

1951년   『후기 산문(Späte Prosa)』과 『서간집(Briefe)』을 출간
                  했다.

1952년   75세 생일을 기념하여 그의 전집 6권이 출간되었다.

1954년   『헤르만 헤세-로맹 롤랑 서한집(Briefwechsel: Hermann
                  Hesse-Romain Rolland)』을 출간했다.

1955년   서독 출판협회로부터 평화상을 수상했다.
                  독일 브라운슈바이크시가 수여하는 독일 문학상 빌헬
                  름 라베(Wilhelm Raabe) 상을 수상했다.

1956년   헤르만 헤세상 재단이 설립되었다.

1962년   7월 1일, 몬타뇰라시는 헤세에게 명예 시민권을 수
                  여하였다. 8월 9일 뇌출혈로 85세의 나이로 몬타뇰
                  라에서 세상을 떠났다. 젠틸리노의 성 아본디오 묘
                  지에 안장되었다.

옮긴이 육혜원

이화여자대학교에서 정치외교학과를 졸업하고 독일 베를린자유대학교에서 정치외교학 석사, 박사 학위를 받았다. 이화여자대학교, 고려대학교, 경희대학교 등에서 강의했다. 저서로는 『왜 소크라테스는 독배를 마셨을까?』, 『보편주의』, 『좋은 삶의 정치사상』 등이 있다. 옮긴 책으로는 『자본주의의 역사』, 『니체』, 『미래전쟁』, 『영웅본색』, 『인류의 세계사』 등이 있다.

초판 1쇄 발행	2026년 1월 15일
지은이	헤르만 헤세
옮긴이	육혜원
펴낸곳	이화북스
출판등록	2017년 12월 26일
주소	서울시 마포구 월드컵북로 98, 202
전화	02-2691-3864
팩스	02-307-1225
이메일	ewhabooks@naver.com
인스타그램	@ewhabooks

ISBN   979-11-90626-36-1 (03850)

원고 투고, 오탈자 제보, 제휴 제안은 ewhabooks@naver.com으로 보내 주세요.